*FLOWERS AND PLANTS*

# 花花草草

周瘦鹃 著

徐德明 易华 编

# 前言

## 花花草草

周瘦鹃的后半生

徐德明

一代文人周瘦鹃,以自家紫兰小筑的花草盆景标志后半生;含恨投井,庭园里的花木应是他最后的一瞥。

周瘦鹃有"花瘾",几乎日以花草树木为伴,一如张岱《陶庵梦忆》里的《金乳生草花》,又似冯梦龙所辑小说中的灌园叟。枝头着花笔生花,花木无时不在他眼头、心头、笔头,父女书信也谈它。他的花木与艺术生命合二而一,那心上结合处为"癖",是含英咀华、爱好成癖,把癖转化为美,呈现为盆花、盆栽、盆景的诗情画意,再呈现为文字。这癖好属于个人,也远绍陶渊明菊癖、周敦颐莲癖,近接数百年江南才子文脉,关联现代生活的危机与生机。

周氏半生花木与文字并美。1932年由海上移家苏州,未到中年便看淡了名利场,文字报刊编辑以外,致力花草盆景。1937年植菊花达一千二百余盆,一百四十多种。1939～1940年两获中西莳花会盆景首奖。1943年曾在上海开"香雪园"花卉盆景展览。1946年,国民政府接收他任职的《申报》,"从此周郎闭门卧,梅花四壁梦魂清",追陶渊明、林和靖境界,过灌园叟生活。1948年为生计摆摊售过花。1950年参加苏州盆景展览,从此无分冬夏,在紫兰小筑以花会友:夏日荷花盛开,壁上是"林伯希老画师所画的一幅《爱莲图》",莲塘、荷轩与室内瓶供相映满目,周瘦鹃追怀祖先,欣慰"总算不辜负了'爱莲堂'这块老招牌";冬日迟慢,寒香阁、梅邱、梅屋内外有赏梅专区,植于椭圆形白砂古盆中的有绿萼梅"鹤舞",它是苏州名画师顾鹤逸后人移赠的,曾经在梅花展上睥睨一世,身影载于《人民画报》与彩色盆景纪录片,在庭园中引领着那一二百年、数十年树龄的各色梅花盆景,风华绝代。花木移诸文字,一年来重拾笔墨,在香港《大公报》为文"话"花,选集《花前琐记》于1955年出版。这后半生还有《花花草草》(1956)、《花前续记》(1956)、《盆栽趣味》(1957)、《拈花集》(1962年编成,二十年后出版)、《姑苏书简》(也谈花,后人收集于1995年出版)。

论诗有"诗话""词话",周瘦鹃莳花而能为"花话"。他以人-花生命互动的经验撰述:迎春、梅花、桃花、山茶、牡丹、杜鹃、凌霄、石榴、莲花、秋菊、蓼花、木芙蓉、木犀、凤仙、水仙、栀子、茉莉、昙花、紫薇、萼绿华(绿梅)、玉兰、枫、雁来红、蜀葵、芭蕉、美人蕉、金银花、木槿、合欢、玉簪、仙客来、一品红、蜡梅、白兰花、建兰、西府海棠,如十二金钗在册。文章娓娓而谈,或按时序,或依花之特点;"话"花着落于人心、人情,花语皆情语、诗语,花香、花影映射时节、气候。其爱花、养花若与友人处,了解花品、花性堪为知己:"蓼花近水",芙蓉"高傲的品质,正不在东篱秋菊之下";一见杰出的古树名花,便订交难忘,时而兴问"不知现仍无恙否?"。别说林和靖"妻梅子鹤",周瘦鹃爱花亦如儿女,四季日夜抚弄。

周瘦鹃谈花之文知识性强,涉猎范围广。他烂熟《诗经》《楚辞》及历代诗词的花木歌咏,更时时眷顾农艺专书《群芳谱》《广群芳谱》,才子袁宏道《瓶史》所述插花器具亦兼采一二,览《百科全书》以西学补益其花卉谱系,译作"仙客来"的外来花卉是他命名,情理并茂的说明文《苏州盆景一席谈》是反馈辞书的现成词条,《盆景二三事》的闲谈形式则包孕了盆景史。

为文态度科学而行文谨严：种属产地，正本清源；秉性花期，历历分明。略窥其分别盆植、盆栽、盆景可见文章一斑，盆植花草树木随便栽，盆栽须树干有态，盆景得配以石、屋、亭、桥、船、塔、人物，比例得宜，构图入画。

花草生命在盆中也在笔下，木石盆景更创造结构美学。周瘦鹃是独步天下的盆景大师，奇木顽石为盟，咫尺乾坤造景，树桩、灵石、人物处处体现其"诗情画意"美学。抗战避居皖南，他借一盆绿萼梅配以稚松、竹，浅浅的紫砂盆里就是岁寒三友了。他创制的盆景倾动朝野，从元戎、总理、国外来宾到普通民众，人见人爱。

入画是基本原则。周瘦鹃的盆景往往规拟宋、元、明、清和齐白石等名画，有唐伯虎的《蕉石图》、沈石田的《鹤听琴图》、张大千的《松岩高士图》，水石有拟范宽、倪云林。自创者亦多，诸如"田家小景""枫林雅集"。他赋予不同的植物以不一样的情趣,叶胜者如芭蕉,他创制"蕉下横琴"盆景,两株芭蕉,一案清荫;花木老干、枯干造型更是拿手好戏,有老干红薇如船形,"把一个小型的达摩立像放在干上,取'达摩渡江'之意,别饶奇趣"。诗情画意不是一句俗套,画意由纸上视觉转化,诗情发自内蕴,又转承历代文心。他嘱咐:"必须胸有丘壑,腹有诗书,多看古今名画,才能制成一盆富有诗情画意的高品。……供在几案上,朝夕观赏……仿佛置身于大自然的怀抱里,作神游,作卧游,胸襟为之一畅。"

周瘦鹃花木之癖,如情爱在心,花木是生活必备,无法从四季晨昏中割舍。他钟爱春日紫罗兰、夏之莲、秋之菊、冬天的梅花。初恋让他"一生低首紫罗兰":引英国著名小说家司各特为知己,那一位也爱上一位"紫罗兰"小姐而未圆满;尽半生积累买下紫兰小筑,原主人种了紫罗兰最重要;爱屋及乌,两缸金鱼品名紫兰花，与紫罗兰花并列为双璧。"爱莲"是周家祖训，作为清供的莲，在案入心；他各处拜求名种，感激前辈潘季儒"分根见赐"名种；远道采植千叶莲花藕，期待"明夏我也就有两缸千叶莲花可作清供了"；夏日瓶供荷花，古铜色大圆瓶、雍正黄瓷大胆瓶、紫红瓷窑变扁方瓶轮替配不同色的珍稀品种；爱莲永不知足，还钦服老友卢彬士培植碗莲，"小小一个碗里，开出一朵朵红莲花来"。秋天菊花被他"配上一块拳石或一根石笋，……看上去就好像一幅活色生香的菊石图"，黄菊小品插花被一位老画师称赞："分明是一幅……徐青藤的画啊！"除夕梅枝配上红天竹插瓶，自然作为岁朝清供。此外，冬日崇明白水仙，配上荆州红石子；春末芍药插五枝在胆瓶中，白色花配雍正黄，当花诵诗"依稀残梦在扬州"。说不尽的花木癖好！爱花深而关注咏叹之诗，随时披览，深刻于心，为文时信手拈来，贴切适宜。引用范围之广，上起先秦古典,下及清末民初今典,看似茫无涯际,得来全不费功夫,古今爱花而心心相印。何况他还将花前徘徊的爱意,"宠之以诗",屡屡命笔。

家训"爱莲"而外,周瘦鹃活在爱花的江南文化中,他笔耕手植都接续上吴中才子周臣、唐寅、仇英等与花木互动的源头。明代唐伯虎与社友们携酒桃花坞园中送春,冒襄、董小宛《影梅庵忆语》赏菊兼赏菊影的情境淡秀如画,知己一般地提示他灯光下欣赏墙上菊痕,与"爱莲堂"偶者是清代俞曲园用"花落春常在"驻名的"春在堂",可羡书画收藏家庞莱臣前庭种满各色凤仙花,"五色斑斓,蔚为大观"。他藏有明代周东邨所作《桃花源图》大幅,有上海名画家王一亭《持螯赏菊图》,……与花事相关者,数之不尽。苏州十六位画师曾为他合作一幅中堂,花竹盆石作岁朝集锦,范烟桥题记,陈曼生配联"每行吉祥事,常生欢喜心"。如此雅集盛举,全凭艺术爱好增强文人情谊,零星的花事雅集有"与老友程小青、陶冷月二兄雇了一艘船,同往黄天荡观莲"。这些友人大都是"鸳鸯蝴蝶派"中人,那是必须正视的明清以降的江南才子文化传统。

周瘦鹃在文人书画传统上创造花卉盆景,又开前所未有的"花话"文章格局。他将精心栽培的庭园花木,收藏、见识的历代名家画作,古代诗人咏花名作,花事历史掌故,虚实结合而浑融无间,正是:观盆景醉心,看文章怡情。周瘦鹃为文置景,标题往往就是性格突出、色彩鲜明的抒情诗:如芙蓉之性情"能把柔枝独拒霜";即使不引现成诗句,五、七言句自然就是咏叹,如"芭蕉开绿扇""装点严冬一品红";生活抒情,快乐者"合欢花放合家欢",孤高者"林和靖妻梅子鹤""孟浩然踏雪寻梅"。周瘦鹃随时引用的旧体诗词,几乎习焉不察,却会让读者费心,那是一个绵延的人文脉络,后来被隔断了。曾是翻译家的周瘦鹃学贯中西,《蔷薇开殿春风》曼声落笔于清人词咏蔷薇,远远呼应英国诗人彭斯,就中有汉唐典故,笔涉汉武帝、蔷薇露与韩柳书信故事,又引出南洋蔷薇霜露,收梢于自家那一屏妙香四溢的黄蔷薇,堂皇大气的理路堪称比较花/文学。

将周瘦鹃文章排比,就是文人种花的历史叙述。他自承"长年甘作花奴隶","花木之癖,深入骨髓,始终戒除不掉"。一年为花忙,几百个盆景,春翻盆,夏浇水,秋修剪,冬埋藏,每天都想创作新盆景,早年的"文字劳工"转化为花庭劳叟。历经一二百年的那些老干盆栽,花木造型并胜,屡见"抗战期间"失怙致死,然而主人力图挽救,至少也觅得品貌相当者作为弥补。当年从邓尉山觅得百年枯干老桂三株,植紫砂盆景,三桂皆未熬过抗日战争。"一株老干的山栀,……胜利后回到故园,却已枯死,为之惋惜不止!"菊花曾经盛极一时,战后感慨"没有菊花的秋天,实在过得太寂寞,太无聊了"。五十年代"赏菊东篱""松菊犹存"的盆景被交口称赞,家中菊展面向公众,一开放就一个多月。当代文人艺菊,他与老舍南北辉映,老舍抗战结束时的愿望是属文莳花。爱花的汪曾祺回忆,老舍曾经多年邀约文人朋好"赏菊",面对一院子各色菊花,各种酒随意喝。"一代文章千古事,余年心愿半庭花",斯人已逝,留下的是无尽的花语与心事……

2019·新　正

海外·陶然居

# 目录

| | | |
|---|---|---|
| ·01· | 迎春花 | 〇〇一 |
| ·02· | 桃花琐话 | 〇〇五 |
| ·03· | 山茶花开春未归 | 〇〇九 |
| ·04· | 国色天香说牡丹 | 〇一二 |
| ·05· | 绰约婪尾春 | 〇一六 |
| ·06· | 蔷薇开殿春风 | 〇二〇 |
| ·07· | 杜鹃花发映山红 | 〇二四 |
| ·08· | 凌霄百尺英 | 〇二八 |
| ·09· | 蕊珠如火一时开 | 〇三二 |
| ·10· | 谈谈莲花 | 〇三五 |
| ·11· | 蓼花和木芙蓉花 | 〇四三 |
| ·12· | 花雨缤纷春去了 | 〇四七 |
| ·13· | 得水能仙天与奇 | 〇五二 |
| ·14· | 花光一片紫云堆 | 〇五六 |

- 15 · 易开易谢的樱花　　　　　　　　〇五九
- 16 · 一生低首紫罗兰　　　　　　　　〇六四
- 17 · 茉莉开时香满枝　　　　　　　　〇六九
- 18 · 紫薇长放半年花　　　　　　　　〇七四
- 19 · 萼绿华　　　　　　　　　　　　〇七九
- 20 · 但有一枝堪比玉　　　　　　　　〇八二
- 21 · 霜叶红于二月花　　　　　　　　〇八五
- 22 · 雁来红　　　　　　　　　　　　〇八九
- 23 · 蜀葵花开一丈红　　　　　　　　〇九三
- 24 · 芭蕉开绿扇　　　　　　　　　　〇九七
- 25 · 崖林红破美人蕉　　　　　　　　一〇一
- 26 · 金花银蕊鹭鸶藤　　　　　　　　一〇五
- 27 · 木槿与槿篱　　　　　　　　　　一〇七

- 28 · 合欢花放合家欢 — 一〇九
- 29 · 初放玉簪花 — 一一一
- 30 · 仙客来 — 一一三
- 31 · 能把柔枝独拒霜 — 一一五
- 32 · 扬芬吐馥白兰花 — 一一七
- 33 · 秋兰送满一堂香 — 一二〇
- 34 · 清芬六出水栀子 — 一二三
- 35 · 一枝珍重见昙花 — 一二七

- 01 · 盆栽盆景一席谈 — 一三一
- 02 · 鸟不宿 — 一三五
- 03 · 含笑看"含笑" — 一三七
- 04 · 装点严冬一品红 — 一三九
- 05 · 苏州盆景一席谈 — 一四一

- 06 · 花木之癖忙盆景　　　　　　　一四七
- 07 · 盆景二三事　　　　　　　　　一五二
- 08 · 盆盎纷陈些子景　　　　　　　一五八
- 09 · 岁朝清供　　　　　　　　　　一六二
- 10 · 夏天的瓶供　　　　　　　　　一六五
- 11 · 清凉味　　　　　　　　　　　一七〇
- 12 · 西府海棠　　　　　　　　　　一七三

- 01 · 探梅香雪海　　　　　　　　　一七五
- 02 · 观莲拙政园　　　　　　　　　一八一
- 03 · 赏菊狮子林　　　　　　　　　一八六
- 04 · 洞庭碧螺春　　　　　　　　　一九〇
- 05 · 苏州的宝树　　　　　　　　　一九四

- 06 · 姑苏城外寒山寺　　　　　　　一九九
- 07 · 杏花春雨江南　　　　　　　　二〇四
- 08 · 寄畅园剪影　　　　　　　　　二〇八
- 09 · 羊城花木四时春　　　　　　　二一二
- 10 · 千红万紫盈花市　　　　　　　二一五
- 11 · 迎春时节在羊城　　　　　　　二一七
- 12 · 玉立竹森森　　　　　　　　　二二二
- 13 · 新西湖　　　　　　　　　　　二二四

- 01 · 百花生日　　　　　　　　　　二三五
- 02 · 插花　　　　　　　　　　　　二三九
- 03 · 再谈插花　　　　　　　　　　二四二
- 04 · 献花迎新　　　　　　　　　　二四六
- 05 · 不依时节乱开花　　　　　　　二五二

- 06 · 荷花的生日　　　　　　　　二五六
- 07 · 姊妹花枝　　　　　　　　　二六〇
- 08 · 关于花的恋爱故事　　　　　二六四
- 09 · 花木的神话　　　　　　　　二六九
- 10 · 初春的花　　　　　　　　　二七二
- 11 · 杜鹃枝上杜鹃啼　　　　　　二七五
- 12 · 多情的花　　　　　　　　　二七八
- 13 · 香草香花遍地香　　　　　　二八一
- 14 · 闻木犀香　　　　　　　　　二八四
- 15 · 一盏清泉养水仙　　　　　　二八八
- 16 · 日本的花道　　　　　　　　二九二
- 17 · 我爱菊花　　　　　　　　　二九六
- 18 · 红了樱桃绿了芭蕉　　　　　二九九

| | | |
|---|---|---|
| ·19· | 仲秋的花与果 | 三〇一 |
| ·20· | 我与中西莳花会(节选) | 三〇四 |
| ·01· | 梦 | 三一一 |
| ·02· | 一瓣心香拜鲁迅 | 三一六 |
| ·03· | 梅君歌舞倾天下 | 三二一 |
| ·04· | 忽见陌头杨柳色 | 三二四 |
| ·05· | 陶渊明与菊花 | 三三一 |
| ·06· | 梅花时节话梅花 | 三三四 |
| ·07· | 一时春满爱莲堂 | 三四一 |
| ·08· | 年年香溢爱莲堂 | 三四七 |
| | 《紫兰花片》弁言 | 三五七 |

# 迎春花

迎春花又名金腰带,是一种小型灌木,往往数株丛生,也有独本而露根,伸张如龙爪的,姿态最美。干高一二尺、三四尺不等,可作盆栽,要是种在地上,可达一丈以上。茎作方形,上端纤细而延长,因有"金腰带"之称。茎上对节生小枝,一枝有三叶,叶厚,作深绿色,与小椒叶很相像而没有锯齿。春前开鹅黄色小花,六瓣,略似瑞香,不会结实,又有开花作两叠的,自是异种,也许来自日本。花后剪其枝条,插在肥土中即活,二、三月中用焯牲水浇灌,来春花必繁茂。

迎春虽很平凡,而开在梅花之先,并且性不畏寒,花时很长,与梅花仿佛。我曾有句云"不耐严冬寒彻骨,如何迎得好春来",顾名思义,自是花中可儿。然而虽说它并不畏寒,可是前二年初冬时,寒流突然袭来,也竟抵抗不得，我旧有的几株老干迎春，都是断送在这一次寒流之下的；只有一株悬崖形的至今无恙，如鲁灵光之巍然独存。旧籍中称迎春为僭客，又有品为六品四命和七品三命的，不知何所取义。迎春枝条多长而纤细，婀娜多姿，种在深盆中，作悬崖形，使它的柔条纷披下垂，最为美观。

迎春花倒也是古已有之的，唐宋时代，就见之于诗人笔下了。如白香山《玩迎春花赠杨郎中》云：

> 金英翠萼带春寒，黄色花中有几般？
> 凭君语向游人道，莫作蔓菁花眼看。

韩琦《中书东厅·迎春》云：

> 覆阑纤弱绿条长，带雪冲寒坼嫩黄。
> 迎得春来非自足，百花千卉共芬芳。

刘敞《阁前迎春花》云：

> 沈沈华省锁红尘，忽地花枝觉岁新。

为问名园最深处,不知迎得几多春?

断句如晏殊《咏迎春》云:

> 浅艳侔莺羽,纤条结兔丝。
> 偏凌早春发,应诮众芳迟。

以花色比作黄莺的羽毛,以枝条比作纤柔的兔丝,更以花之早开为当然,而诮他花之迟放,寥寥二十字,已将迎春花的特点写尽了。

词中咏迎春的较少,宋人赵师侠曾有《清平乐》一阕云:

> 纤秾娇小,也解争春早。占得中央颜色好,装点枝枝新巧。
> 东皇初到江城,殷勤先去迎春。乞与黄金腰带,压持红紫纷纷。

将迎春和金腰带两个名称,全都带上了。

今年立春较迟,迎春花也开得迟了一些;可是我有一盆老本的,在一个月以前已疏疏落落地开了。此外,如悬崖形的一本和其他小型的三本,都还含苞未放,大概真要挨到了立春节方肯迎春吧?

# 桃花琐话

"桃之夭夭,灼灼其华",这是《诗经》中的名句。每逢阳春三月,见了那烂烂漫漫的一树红霞,就不由得要想起这八个字来,花枝的强劲,花朵的茂美,就活现在眼前了。桃,到处都有,真是广大群众的朋友,博得普遍的喜爱。

桃的种类不少,大致可分单瓣、复瓣二大类。单瓣的能结实,有一种十月桃,迟至十月才结实,产地不详。复瓣的有碧桃,分白色、红色、红白相间、白地红点与粉红诸色,而以粉红色为最名贵。他如鸳鸯桃、寿星桃、日月桃、瑞仙桃、美人桃(即人面桃)等,也大都是复瓣的。

我有一株盆栽的老桃树,至少有三四十年的树龄,在吾家也已十多年了;枯干槎枒,好像是一块绉瘦透漏的怪石。桃干最易枯朽,难以持久,而这一株却很坚实,可说是得天独厚。每年着花很多,并能结实,去年就结了十多个桃子,摘去了大半,剩下六个,虽不很大,而也有甜味。我吃了最后的一个,算是劳动的报酬,胜利的果实。我又有一株安徽产的碧桃,也是数十年物,干身粗如人臂,屈曲下垂,作悬崖形。花为复瓣,大似银圆,作粉红色,很为难得,每年着花累累,鲜艳可爱。这两株桃花,同时艳发,朋友们都称之为吾家盆栽中的二宝。

晋代陶渊明作《桃花源记》,原是寓言八九,并非真有其地,而后世读者都向往于这个世外桃源,也足见其文字之魅力了。我藏有明代周东邨所作《桃花源图》大幅,上有嘉靖某某年字样,笔酣墨饱,精力弥满,经吾友吴湖帆兄鉴定,疑是他的高足仇十洲的代笔。我受了此画的影响,因于前二年制一大型水石盆景,有山,有水,有洞,有屋舍,有田野,有船,有渔人,有桃花林,有种田的农民,俨然是一幅《桃花源图》,自以为平生得意之作。可是桃花并不是真的,我将天竹剪成短枝,除去红子,就有一个个小颗粒,抹上了红漆,居然活像是具体而微的桃花了。

桃花必须密植成林,花时云蒸霞蔚,如火如荼,才觉得分外好看。据《武夷杂记》载:春山霁时,满鼻皆新绿香,访鼓楼坑十里桃花,策杖独行,随流折步,春意尤闲。

又宁波府城东,相传汉代刘晨、阮肇二人曾在此采药,春月桃花万树,俨然是桃源模样。茅山乾元观,前有道士姜麻子,从扬州乞得烂桃核好几石,在空山月明中下种,后来长出无数桃树,长达五里余。西湖包家山,宋时有"蒸霞"匾额,因山上独多桃花之故,二、三月间,游人纷纷来看桃花,称之为"小桃源"。又栖霞岭满山满谷都是桃花,仿佛红霞积聚,因以为名。古田县黄檗山桃树密集,山下有桃坞、桃湖、桃洲、桃溪诸胜,简直到处都是桃花了。又溆浦一名华盖山,从前曾有人种下了千树桃花,至今有桃花圃之称。上海龙华一带,旧有桃树极盛,每逢春光好时,游人趋之若鹜,而后来却逐渐减少。现在龙华塔已修复了,我以为还该种植桃树千百株,才可恢复旧观。苏州市园林管理处今春在城东动物园对面的城墙上,种了桃树几百株,将来开了花,红霞照眼,真如一面大锦屏了。

苏州城内西北隅,有桃花坞,现在虽只是一条长街,大概古时是有很多桃花的。明代大画家唐寅(伯虎)晚年曾卜宅于此,卖画为活,其居处名桃花庵,后来改为准提庵了。

唐明皇御苑中,有千叶桃花,每逢桃花盛开时,与杨贵妃天天宴饮树下,他说:"不独萱草忘忧,此花亦能销恨。"他又亲自折了一枝,插在贵妃的宝冠上,端详着笑道:"此花尤能助娇态也。"所谓千叶桃花,就是碧桃,因为它是复瓣之故,比了单瓣的更见娇艳。我的园子里,旧有碧桃四株,三株是深红色的,一株是红白相间的,树干高三丈余,盛开时真如一片赤城霞,十分鲜艳,园外也可望见,在万绿丛中,特别动目。花落时猩红满地,好似铺上了一条红地毯。可惜因树龄都在二十年以上,先后枯死了,这是一个不可弥补的损失!词中咏碧桃的不多见,曾见宋代秦观有《虞美人》一阕云:

碧桃天上栽和露,不是凡花数,乱山深处水潆回,可惜一枝如画向谁开?

轻寒细雨情何限,不道春难管,为君沈醉一何妨,只怕酒醒时候断人肠。

他说"不是凡花数",这是给与碧桃花的一个很高的评价。

## 山茶花开春未归

"山茶花开春未归,春归正值花盛时",这是宋代曾巩咏山茶花句,将山茶开花的时期说得很明白。其实一冬在温室中培养的,那么不待春来,早就开花了。今年春初,春寒料峭,并在下雪的时光,我却在南京玄武湖公园的莳花展览会中,看到了好几十盆在温室中催开的山茶。我最爱一种花鹤顶,花瓣并不整齐,色作深红,有几瓣洒大白斑,十分别致。又有倚阑娇一种,白瓣中洒红点红丝;红妆素裹一种,白瓣洒红斑。这两种花如其名,都很可爱。花瓣全白,花朵特大的,名无瑕玉。又有满月与睡鹤二种,也是全白大花,与无瑕玉是大同小异的。桃红色的有合欢娇、粉妆楼、醉杨妃等三种,正与花名同样的娇艳。这时我家园子里的十多盆山茶,还是像睡熟似的,毫无动静,不料在南京却看到了这许多烂烂漫漫的山茶花,自庆眼福不浅！真如宋代俞国宝诗所谓"归来不负西游眼，曾识人间未见花"了。

山茶一称玉茗，又名曼陀罗。苏州拙政园有十八曼陀罗花馆，就因为往年前庭有十八株山茶花之故。树身高的达一丈以外，低的约二三尺，可作盆栽；叶厚而硬，有棱，作深绿色，终年不凋。惜树干不易长大，老干枯干绝少。抗日战争以前，我有一株悬崖形老干的银红色山茶，直径在六寸以外，入春开花百余朵，鲜艳欲滴。又有一株半悬崖形的纯白色山茶，名雪塔，干已半枯，苍老可喜。可惜这两株已先后病死。幸喜前年又得了一株老干的雪塔，高约丈许，亭亭如盖，种在一只圆形古砂盆中，去春着花百余，一白如雪。只因去冬严寒，立春后还含苞未放，有的花蕊已僵化了。

山茶以云南产为最，有滇茶之称。据《滇中茶花记》说：

> 茶花最甲海内，种类七十有二，冬末、春初盛开，大于牡丹，一望若火齐云锦，烁日蒸霞。南城邓直指有茶花百韵诗，言茶有数绝：寿经三四百年，尚如新

植；枝干高竦四五丈，大可合抱；肤纹苍润，黯若古云气樽罍；枝条虬纠，状如麈尾龙形；蟠根轮囷离奇，可凭而几，可借而枕；丰叶深沉如幄；性耐霜雪，四时常青；次第开放，历二三月；水养瓶中，十余日颜色不变。

山茶花的耐久，我们大家知道。至于"寿经三四百年"，"高竦四五丈，大可合抱"，并且"蟠根轮囷离奇"的，却从未见过，真使人神往于昆明池边了。又据闻云南会城的沐氏西园中，有楼名簇锦，四面种着几十株二丈高的山茶，花簇其上，数以万计，紫的、红的、白的、洒金的，色色都有，灿若云锦，曾有人宠之以诗，有"十丈锦屏开绿野，两行红粉拥朱楼"之句，看了这数以万计的各色茶花，真觉得洋洋大观，大可过瘾了。

# 国色天香说牡丹

宋代欧阳修《牡丹记》,说洛阳以谷雨为牡丹开候;吴中也有"谷雨三朝看牡丹"之谚,所以每年谷雨节一到,牡丹也烂烂漫漫地开放了。今年农历三月二十九日是谷雨节,而吾家爱莲堂前牡丹台上粉霞色的玉楼春已开放了三天,真是玉笑珠香,娇艳欲滴,开得恰到好处。因为去冬严寒,今春着花较少,白牡丹与二乔都没有花,紫牡丹含苞僵化;还有名种紫绢,也后期开放,瓣薄如绢,色作紫红,自是此中俊物,我徘徊花前,饱餐秀色,真的是可以忘饥了。

牡丹有鼠姑、鹿韭、百两金等别名,都不雅;又因花似芍药而本干如木,又名木芍药。古时种类极多,据说多至三百七十余种,以姚黄魏紫为最著。他如玛瑙盘、御衣黄、七宝冠、殿春芳、海天霞、鞓红、醉杨妃、醉西施、无瑕玉、万卷书、檀心玉凤、紫罗袍、鹿胎、萼绿华等种种名色，实在不胜枚举，可是大半已断了种。

唐开元中，明皇与杨妃在沈香亭前赏牡丹，梨园弟子李龟年捧檀板率众乐前去，将歌唱，明皇不喜旧乐，因命翰林学士李白进《清平调》辞三章。我最爱他咏白牡丹的一章：

云想衣裳花想容，春风拂槛露华浓。
若非群玉山头见，会向瑶台月下逢。

还有咏红牡丹的一章，也写得很好。又太和、开成中，有中书舍人李正封咏牡丹诗，有"国色朝酣酒，天香夜染衣"之句，当时皇帝听了，大加称赏，一面带笑对他的妃子说道："你只要在妆台镜前，喝一紫金盏酒，那就可以切合正封的诗句了。"

宋代张功甫镃，爱好花木，曾有《梅品》一作，文字也很娴雅。他于牡丹花开放时，招邀友好，举行牡丹会。宾客齐集后，堂中寂无所有，一会儿他问："香已发了没有？"左右回说发了；于是吩咐卷帘，立时有异香自内发出,一座皆香。当有歌姬多人或捧酒肴,或携丝竹,姗姗而来;另有白衣美人十位,所有首饰衣领全是牡丹,头戴照殿红,一姬拍檀板歌唱侑觞,歌罢乐作,才退下去。随后帘又下垂,宾客谈笑自若。不久香又发出,重又卷帘,另有十姬换了衣服和牡丹款步而至,大抵戴白花的穿紫衣,戴紫花的穿鹅黄衣,戴黄花的穿红衣,如此饮酒十杯,衣服和牡丹也更换十次。所歌唱的都是前辈的牡丹名词,酒阑席散,姬人和歌唱者列行送客,烛光香雾中,歌吹杂作,宾客们恍恍惚惚,好似登仙一样。这一个赏牡丹的故事,充分反映了官僚地主阶级极尽奢侈腐化的享乐生活。

牡丹时节最怕下雨,牡丹一着了雨,就会低下头来,分外地楚楚可怜。明代文人王百谷《答任圆甫书》云:

> 佳什见投,与名花并艳,贫里生色矣。得近况于张山人所甚悉,姚魏千畦,不减石家金谷。颇憾雨师无赖,击碎十尺红珊瑚耳。

牡丹花开放之后,一经风雨就败,因此风伯和雨师倒变成了牡丹的大敌。

清代乾隆年间,东台举人徐述夔作紫牡丹诗,有"夺朱非正色,异种亦称王"一联,借紫牡丹来指斥清朝统治者,的是有心人。其坟墓在石湖磨盘山上,墓碑上大书"紫牡丹诗人徐述夔先生之墓"。如此诗人,才不愧诗人之称。

## 绰约婪尾春

婪尾春,是芍药的别名,创始于唐宋两代的文人,婪尾是最后之杯,芍药殿春而放,因有此称。《本草》说芍药谐音绰约,是美好的意思,但看芍药的花容,确是美好可爱的。此外,又有将离、余容、没骨花诸名称,都富有诗意。芍药是草本花,种下之后,宿根留在土中,每年农历十月生芽,春初丛丛挺出,作嫩红色,很为鲜艳。长成后高达二尺许,每茎一枝三叶,叶与牡丹很相像,可是狭长一些;春末开花,有紫色的、红色的、白色的、浅红色的,而以黄色为最名贵。据说扬州芍药冠于天下,多至三十余种,紫色的有宝妆成、叠香英、宿妆殿诸品,红色的有冠群芳、醉娇红、点妆红、试浓妆诸品,白色的有晓妆新、玉逍遥、试梅妆诸品,浅红色的有醉西施、怨春红、浅妆匀诸品,黄色的有金带围、道妆成、御衣黄诸品。顾名思义,可见芍药之美好,不亚于牡丹,昔人称为娇客,自可当之无愧。

芍药以扬州为最,宋人诗词中都曾加以歌颂,如苏东坡题赵昌芍药云:

> 倚竹佳人翠袖长,天寒犹着薄罗裳。
> 扬州近日红千叶,自是风流时世妆。

黄山谷《广陵早春》云:

> 春风十里珠帘卷,仿佛三生杜牧之。
> 红药梢头初茧栗,扬州风物鬓成丝。

韩元吉《浪淘沙》云:

> 鹈鸠怨花残,谁道春阑,多情红药待君看。浓淡晓妆新意态,独占西园。
> 风叶万枝繁,犹记平山,五云楼映玉成盘。二十四桥明月下,谁凭朱阑?

东坡曾说：扬州芍药为天下冠。蔡繁卿守扬州时，举行万花会，搜集芍药千万枝，人家园圃中都被搜一空，手下吏役又趁火打劫，无恶不作，人民敢怒不敢言。东坡一到，问起民间疾苦，都说以此事扰民为最，从此万花会就不再举行了。庆历年间，韩魏公以资政殿学士帅淮南，有一天见后园中有芍药一本，分作四歧，每歧各出一花，上下都作红色，而中间却间以黄蕊，那时扬州并无此种，原来这是异种金缠腰。韩欣赏之下，特地置酒高会。

苏州城内网师园中，有堂名殿春簃，庭前全种芍药，竟如种菜一般。旧友张善子、张大千二画师寄寓园中时，我曾往观赏，真有美不胜收之感；不知今尚无恙否？今年吾园芍药大开，有红、白、浅红三色，色香不让牡丹，剪了几枝插胆瓶中，供之爱莲堂中，香满一堂。白色的五枝，用雍正黄瓷瓶插供，更觉娟净可喜，因忆清代满族诗人塞尔赫有咏白芍药诗云：

珠帘入夜卷琼钩，谢女怀香倚玉楼。

风暖月明娇欲堕,依稀残梦在扬州。

在花前三复诵之,觉此花此诗,堪称双绝,真的是花不负诗、诗不负花了。

## 蔷薇开殿春风

春雨,春雨,染出春花无数。蔷薇开殿春风,满架花光艳浓。浓艳,浓艳,疏密浅深相间。

这是清代词人叶申芗咏蔷薇的《转应曲》。所谓"蔷薇开殿春风",就是说蔷薇是开在春末的最后的花了。蔷薇是落叶灌木,青茎多刺,因有刺红、山棘诸称,花形有大有小,花瓣有单有复,有红、白、黄、深紫、粉红诸色。花有香的,有不香的,而以单瓣的野蔷薇为最香,可以浸酒窨茶。因它不须栽种,丛生郊野间,所以别号野客。宋代姜特立有《野蔷薇》一诗云:

拟花无品格,在野有光辉。
香薄当初夏,阴浓蔽夕晖。

> 篱根堆素锦,树杪挂明玑。
> 万物生天地,时来无细微。

足为此花张目。

蔷薇又名买笑花,源出汉代,现在几乎没有人知道了。汉武帝与妃子丽娟在园中看花,那时蔷薇刚开放,好似含笑向人,武帝说:"此花绝胜佳人笑也。"丽娟戏问道:"笑可以买么?"武帝回说:"可以的。"于是丽娟就取出黄金百斤,作为买笑钱,让武帝尽一日之欢。因此之故,蔷薇就得了一个"买笑"的别名。

英国大诗人彭斯(R. Burns)有著名的诗篇《一朵红红的蔷薇》,为赠别他的恋人而作,即以红蔷薇比作恋人。苏曼殊曾把它译成中文,以"颖颖赤墙靡"为题,诗云:

> 颖颖赤墙靡,首夏初发苞。
> 恻恻清商曲,眇音何远姚!

> 予美谅夭绍,幽情申自持。
> 沧海会流枯,相爱无绝期。

> 沧海会流枯,顽石烂炎熹。
> 微命属如缕,相爱无绝期。

> 掺袂别予美,离隔在须臾。
> 阿阳早日归,万里莫踟蹰。

中国国药店有野蔷薇露,饮之清火辟暑。唐代柳宗元得韩愈所寄诗,先以蔷薇露洗了手,方始开读。寿皇时禁中供御酒,名蔷薇露,大概也是用蔷薇花制成的。宋代大食国、爪哇国等出蔷薇露,洒在衣上,其香经年不退,大约就是现代的上品香水了。

蔷薇蔓生,枝条极长,或攀在墙上,或搭在架上,或结成屏风,开花时几百朵团簇一起,自觉灿烂可观;如果铺在地上,那就好像是一堆锦被了。彭州的蔷薇,俗称锦被堆花,宋代徐积曾有《锦被堆》一诗云:

> 春风萧索为谁张,日暖仍熏百和香。
> 遮处好将罗作帐,衬来堪用玉为床。
> 风吹乱展文君宅,月下还铺宋玉墙。

> 好向谢家池上种,绿波深处盖鸳鸯。

句句说花,却句句贴切锦被,自是一首加工的好诗。吾家紫罗兰盦南窗外,曾于八年前种了一株黄蔷薇,现在已攀满了一堵南墙,真如锦屏一样;春暮着花好几百朵,妙香四溢,含蕊时作鹅黄色,最为美观,可惜开足后就淡下来了。明代张新有诗咏黄蔷薇云:

> 并占东风一种香,为嫌脂粉学姚黄。
> 饶他姊妹多相妒,总是输君浅淡妆。

## 杜鹃花发映山红

杜鹃花一名映山红,农历三、四月间杜鹃啼血时,此花便烂烂漫漫地开放起来,映得满山都红,因之有这两个名称。此外,又有踯躅、红踯躅、山踯躅、谢豹花、山石榴诸名,而日本却称之为皋月,不知所本。花枝低则一二尺,高则四五尺,听说黄山和天目山中,有高达一丈外的。一枝着花三数,有红、紫、黄、白、浅红诸色,有单瓣、双瓣、复瓣之别。春季开放的称为春鹃,夏季开放的称为夏鹃。春鹃多单瓣与双瓣,桃鹃夏开,却为复瓣,并且不止一色,有作桃红色的,也有白地而加红线条的。四川、云南二省都以产杜鹃花名闻天下,多为双瓣。国外则推荷兰所产为最,复瓣而边缘有褶皱,状如荷叶边。日本人取其种,将花粉交配,异种特多,著名的有王冠、天女舞、四海波、寒牡丹、残月、晓山诸种。二十余年前,我搜罗了几十种,可惜在抗日战争期间,避地他乡,失于培养,先后枯死了。

清初陈维岳有《杜鹃花小记》云:

> 杜鹃产蜀中,素有名,宜兴善权洞杜鹃,生石壁间,花硕大,瓣有泪点,最为佳本,不亚蜀中也。杜鹃以花鸟并名,昔少陵幽愁拜鸟,今是花亦可吊矣。

善权洞产生瓣有泪点的杜鹃花,倒是闻所未闻,不知今仍有之否?

昔人诗中咏杜鹃花的,多牵连到鸟中的杜鹃,甚至说是杜鹃啼血染成红色的。唐代李白《宣城见杜鹃花》云:

> 蜀国曾闻子规鸟,宣城还见杜鹃花。
> 一叫一回肠一断,三春三月忆三巴。

韩偓《净兴寺杜鹃花》云:

> 一园红艳醉坡陀,自地连梢簇蒨罗。
> 蜀魄未归长滴血,只应偏滴此丛多。

杨万里《杜鹃花》云：

> 泣露啼红作么生？开时偏值杜鹃声。
> 杜鹃口血能多少，恐是征人滴泪成。

杨巽斋《杜鹃花》云：

> 鲜红滴滴映霞明，尽是冤禽血染成。
> 羁客有家归未得，对花无语两含情。

红杜鹃花还可说是杜鹃啼血所染，其他紫、白、黄诸色的杜鹃花，那又该怎么说呢？可见这种说法是不科学的。

我于抗日战争以前，曾以重价买得盆栽杜鹃花一本，似为百年外物，苍古不凡。枯干粗如人臂，下部一根斜出，衬以苔石，活像一头老猿蹲在那里，花作深红色，鲜艳异常，我曾宠之以诗：

> 杜鹃古木上盆栽，绝肖孤猿踞碧苔。

花到三春红绰约,明珰翠羽入帘来。

抗战期间我不在家,根须受了蚁害,竟以致命。幸而前年又得了紫杜鹃花一大盆,盆也古旧,四周满绘山水,似是清初大画家王鉴所画的崇山峻岭、曲涧长河。这是清代潘祖荫的遗物,当作传家之宝。这盆花原为五干,入范氏手,枯死其二,范氏去世,归于我有。今年盛开紫红色花数百朵,密密层层,有如锦绣堆一般,来宾们观赏之下,莫不欢喜赞叹。

# 凌霄百尺英

花中凌霄直上,愈攀愈高,可以高达百尺以上,烂漫着花的,只有一种,就是凌霄,真的是名副其实。凌霄别名陵苕,又名紫葳。《本草》说,俗称色彩中红艳的,叫做紫葳,凌霄花也是红而艳的,因有此名。还有一个怪名叫鬼目,用意不明。凌霄为藤本,山野间到处都有,蔓长二三尺时,只需旁有高大的树木,就会攀缘而上,树有多高,它也攀得多高,蔓生细须,牢牢地附着在树身上,虽有大风雨也不会刮落下来。春初枝条生长极快,叶尖长对生,像紫藤而较小,色也较深。农历六月间,每枝着花十余朵,也是对生的,花头浅裂作五瓣,初作火黄色,分批开放,入秋红艳可爱。不过花与萼附着不牢,一遇风雨,就纷纷脱落,这是唯一的憾事!唐代大诗人白乐天的一首《有木诗》,写凌霄个性,入木三分,诗云:

有木名凌霄,擢秀非孤标。

偶依一株树,遂抽百尺条。

托根附树身,开花寄树梢。

自谓得其势,无因有动摇。

一旦树摧倒,独立暂飘飖。

疾风从东起,吹折不终朝。

朝为拂云花,暮为委地樵。

寄言立身者,勿学柔弱苗。

通篇劝人重自立,戒依赖,富有教育意义。

凌霄花虽说善于依附,一定要靠别的树攀缘而上,然而也有挺然独立的。宋代富郑公所住洛阳的园圃里,有一株凌霄,竟无所依附而夭矫直上,高四丈,围三尺余,花开时,其大如杯,有人加以颂赞,竟称之为花木中的豪杰。苏州名画师赵子云前辈的庭园中,也有一株独立的凌霄,高不过丈余,枝条四张,亭亭如盖,可是去年已枯朽了一半,今春赵翁去世,不知此树得延残喘否?

宋代西湖藏春坞门前,有古松二株,都有凌霄花攀附其上,诗僧清顺惯常在松下作午睡。那时苏东坡正做郡守,有一天屏去骑从,单身来访,恰好松风谡谡,吹落了不少花朵,清顺就指着落花索句,东坡为作《木兰花》词云:

> 双龙对起,白甲苍髯烟雨里。疏影微香,下有幽人昼梦长。
>
> 湖风清软,双鹊飞来争噪晚。翠飐红轻,时堕凌霄百尺英。

古人诗赋中,对于凌霄花的依赖性都有微词,有人更讥之为势客,就是说它仗势而向上爬。可是清代李笠翁却偏偏相反,他说:

> 藤花之可敬者,莫若凌霄,然望之如天际真人,卒急不能招致,是可敬亦可恨也!欲得此花,必先蓄奇石古木以待,不则无所依附而不生,生亦不大。

他对于依附不以为意,反以其高高在上为可敬,真的是别有见地。

我有盆栽凌霄花一株,作悬崖形,每年着花累累,枝条纷披,越见得婀娜有致。此本为故名画师邹荆盦前辈所爱培,他逝世后,由其夫人移赠于我,以作纪念。我见花如见故人,不胜凄感!我的园子里,有大杨树二株,高三四丈,十余年前我在树根上种了两株凌霄,现在干粗如壮夫之臂,攀附已达树梢,入夏着花无数,给碧绿的杨叶衬托着,分外妍丽。我于梅邱的高峰下也种了一株,枝条交纠攀缘而上,早已直上峰巅。因忆宋代范成大寿栎堂前的小山峰上凌霄花盛开,葱蒨如画,因名之曰凌霄峰,并咏以诗云:

天风摇曳宝花垂,花下仙人住翠微。
一夜新枝香焙暖,旋薰金缕绿罗衣。

山容花意各翔空,题作凌霄第一峰。
门外轮蹄尘扑地,呼来借与一枝筇。

峰名凌霄,恰好与花媲美,那么我的一峰也可称为凌霄峰了。

## 蕊珠如火一时开

春光老去,花事阑珊,庭园中万绿成荫,几乎连一朵花都没有,只有仗着那红若火齐的石榴花来点缀风光,正如元代诗人马祖常所谓"只待绿阴芳树合,蕊珠如火一时开"了。

石榴一名丹若,一名沃丹,一名金罂,又名安石榴。据说汉代张骞出使西域时,从涂林安石国得了种子带回来的;所以唐代元稹诗,有"何年安石国,万里贡榴花。迢递河源道,因依汉使槎"之句。树高一二丈不等,叶狭长,农历五月间开花,作鲜红色,也有黄白、浅红诸色,也有红花白边和白花红边的,较为名贵。花有单瓣、复瓣之别,单瓣结实,复瓣不结实;又有一种中心花瓣突起如楼台的,叫做重台石榴。有经常开花的,名四季石榴;另有一种小本细叶开花猩红如火焰的,名火石榴,高只一尺许,栽在盆内,可作案头清供。

据旧籍中记载,石榴有两个神话。其一,闽县东山有榴花洞,唐代永泰年间,有樵夫蓝超遇白鹿一头,一路追赶,渡水进石门,先窄后宽,内有鸡犬人家,一老叟对他说:"我是避秦人,您能不能留在这里?"蓝回说且回去诀别了家人再来,由老叟给了他一枝石榴花,兴辞而出,好似梦境一样;后来再去,竟不知所在。其二,唐代天宝年间,有处士崔元徽,春夜遇见女伴十余人,一穿绿衣的自称姓杨,又指一个穿红衣的是石家阿措。当时又有封家十八姨来,诸女伴进酒歌唱;十八姨举动轻佻,举杯时泼翻了酒,污阿措衣,阿措作色而起。原来她就是安石榴,而十八姨就是风神。

梁代以《别赋》著名的江淹,有《石榴颂》云:

  美木艳树,谁望谁待?缥叶翠萼,红华绛采。照烈泉石,芬披山海。奇丽不移,霜雪空改。

写得与石榴花一般的华艳,更增高了它的身价。词中咏石榴花的,我最爱元代刘铉《乌夜啼》云:

垂杨影里残红,甚匆匆。只有榴花全不怨东风。

暮雨急,晓霞湿,绿玲珑。比似茜裙初染一般同。

清代陈其年《江城子》云:

茜裙提出锦箱中。向花丛,斗娇容。裙影花光,都到十分浓。记得夜凉低压鬓,偏爱把,绿云笼。

如今朱实画檐东。乱薰风,缀晴空。极望累累,高下绽房栊。欲摘又怜多子甚,相对笑,瓠犀红。

两词都以妇女的红裙与石榴花相比,自是美妙。

吾园弄月池畔,有石榴一大株,高丈余。年年着花数百朵,真如火焰烧枝。此外盆栽多株,都是老干,中有一本为百余年物,已岌岌欲危。另有一小株,高只三四寸,先后开花四朵,而一次只开一花,有一位诗友见了,微吟王荆公句云:"万绿丛中红一点,动人春色不须多。"

# 谈谈莲花

宋代周濂溪作《爱莲说》，对于出淤泥而不染的莲花，给与最高的评价，自是莲花知己。所以后人推定一年十二个月的花神，就推濂溪先生为六月莲花之神。我生平淡泊自甘，从不作攀龙附凤之想，而对于花木事，却乐于攀附。只因生来姓的是周，而世世相传的堂名，恰好又是"爱莲"二字，因此对这君子之花却要攀附一下，称之为"吾家花"。

莲花的别名最多，曰芙蕖，曰芙蓉，曰水芝，曰藕花，曰水芸，曰水旦，曰水华，曰泽芝，曰玉环，而最普通的是荷花。现在大家通称莲花或荷花，而不及其他了。莲花的种类也特别多，有并头莲、四面莲、一品莲、千叶莲、重台莲等等，还有其他光怪陆离的异种，早就绝无而仅有，无法罗致。

正仪镇附近有一个古莲池,至今还开着天竺种的千叶莲花。据叶遐庵前辈考证,这些莲花还是元代名流顾阿瑛所手植的;因此会同几位好古之士,在池旁盖了几间屋子,雇人守护这座莲池。抗日战争前,我曾往观光,看到了一朵娇红的千叶莲花,油然而生思古之情,回来作了一首诗,有"莲花千叶香如旧,苦忆当年顾阿瑛"之句。这些年来,听说池中莲仍然无恙。据闻顾阿瑛下种时,都用石板压住,后来莲花就从石缝中挺生出来,人家要去掘取,也不容易,所以直到如今,这千叶莲花还是"只此一家,并无分出"。可是吾园邻近的倪氏金鱼园中,有一个小方塘,也种着千叶莲花,不知是哪里得来的种子?每年开花时,总得采几朵来给我作瓶供,花作桃红色,很为鲜艳,花形特大,花瓣多得数不清。今秋天旱水浅,已由花工张锦前去挖了几株藕来,安放在两个缸中,明夏我也就有两缸千叶莲花可作清供了。最近园林管理处已向倪氏买下了他全塘的种藕,明春就得移种在狮子林的莲塘中,以供群众观赏,比了关闭在那金鱼园中孤芳自赏,实在有意义得多。

凡是美的花,谁都愿它留在枝头,自开自落,而莲却可采。古今来的诗人词客,多有加以咏叹的。就是古乐府中也有《采莲曲》,是梁武帝所作,曲和云"采莲渚,窈窕舞佳人",因此就以采莲名其曲。又《乐府集》载:

> 羊侃性豪侈,善音律,有舞人张静婉者,容色绝世,时人咸推其能为掌上舞。侃尝自造《采莲》《棹歌》两曲,甚为新致,乐府谓之《张静婉采莲曲》。

至于唐代的几位大诗人,几乎每人都有一首《采莲曲》,真是美不胜收,现在且将清代诗人的两首古诗录在这里。如马铨四言古云:

> 南湖之南,东津之东。
> 摇摇桂楫,采采芙蓉。
> 左右流水,真香满空。
> 眷此良夜,月华露浓。
> 秋红老矣,零落从风。
> 美人玉面,隔岁如逢。
> 褰裳欲涉,不知所终。

徐倬七言古云：

溪女盈盈朝浣纱，单衫玉腕荡舟斜，含情含怨折荷华。折荷华，遗所思，望不来，吹参差。

词如毛大可《点绛唇》云：

南浦风微，画桡已到深深处。藕花遮住，不许穿花去。

隔藕丛丛，似有人言语。难寻溯，乱红无主，一望斜阳暮。

王锡振《浣溪沙》云：

隔浦闻歌记采莲，采莲花好阿谁边？乱红遥指白鸥前。

日暮暂回金勒辔，柳阴闲系木兰船。被风吹去宿花间。

吴锡麒《虞美人》云：

> 寻莲觅藕风波里，本是同根蒂。因缘只赖一丝牵，但愿郎心如藕妾如莲。
>
> 带头绾个成双结，莫与闲鸥说。将家来住水云乡，为道买邻难得遇鸳鸯。

孙汝兰《百尺楼》云：

> 郎去采莲花，侬去收莲子。莲子同心共一房，侬可如莲子？
>
> 侬去采莲花，郎去收莲子。莲子同房各一心，郎莫如莲子！

这几首诗词都雅韵欲流，行墨间似乎带着莲花香。

前年农历六月二十四日，就是所谓莲花的生日，曾与老友程小青、陶冷月二兄雇了一艘船，同往黄天荡观莲，虽没有深入荡中，却也看到了不少亭亭玉立的白莲花，瞧上去不染纤尘，一白如雪，煞是可爱！关于白莲花的故事,有足供谈助的,如唐代开元、天宝间,太液池千叶白莲开,唐明皇与杨贵妃同去观赏,皇指妃对左右说:"何如此解语花?"他的意思,就是以为白莲不解语,不如他的爱人了。又元和中,苏昌远居吴下,遇一女郎,素衣红脸,他把一个玉环赠与她。有一天见槛前白莲花开,花蕊中有一物,却就是他的玉环,于是忙将这白莲花折断了。这一段故事,简直把白莲瞧作花妖,当然是不可凭信的。

昔人赞美白莲花的诗,我最爱唐代陆龟蒙七言绝句云:

素花多蒙别艳欺,此花真合在瑶池。
还应有恨无人觉,月晓风清欲堕时。

宋代杨亿五言绝句云:

昨夜三更里,嫦娥堕玉簪。
冯夷不敢受,捧出碧波心。

清代徐灼七言绝句云：

> 凉云簇簇水泠泠，一段幽香唤未醒。
> 忽忆花间人拜月，素妆娇倚水晶屏。

又清末革命先烈秋瑾七律云：

> 莫是仙娥坠玉珰，宵来幻出水云乡。
> 朦胧池畔讶堆雪，淡泊风前有异香。
> 国色由来夸素面，佳人原不借浓妆。
> 东皇为恐红尘涴，亲赐寒簧明月裳。

这四首诗，可算是赞美白莲花的代表作。

苏州公园去吾家不远，园中有两个莲塘，一大一小，种的都是红莲花，鲜艳可爱。入夏我常去观赏，瞧着那一丛丛的翠盖红裳，流连忘返。至于吾家梅邱下的莲塘中，虽有白色、浅红色两种，今年曾开了好几十朵，不过占地太小，同时也只开二三朵，不足以餍馋眼。旧有四面观音，已在沦陷期间断了种，去春曾向公园中移植红莲数枝,发了叶,并未开花,那只得再等明年了。乡前辈潘季儒先生,擅种缸莲,有层台、洒金、镶边玉钵盂、绿荷、粉千叶等名种,叹为观止。三年前分根见赐,喜不自胜,年年都是开得好好的。

老友卢彬士先生,是吴中培植碗莲的唯一能手,能在小小一个碗里,开出一朵朵红莲花来。今年开花时节,以一碗相赠,作爱莲堂案头清供。据说这种藕是从安徽一个和尚那里得来的。可惜室内不能供得太久,怕别的菡萏开不出来,供了半小时,就要急急地移出去了。

# 蓼花和木芙蓉花

蓼花和木芙蓉花,是秋季宜乎种在水边的两种娇艳的花。说也奇怪,我的园子里所种的这两种花,有种在墙角的,有种在篱边的,似乎都不及种在池边的好,足见它们是与水有缘,而非种在水边不可了。

《楚辞芳草谱》说:"蓼生水泽。"唐人诗中,也有"红蓼花开水国秋"之句。元代朱德润《沙湖晚归》诗云:

山野低回落雁斜,炊烟茅屋起平沙。
橹声归去浪痕浅,摇动一滩红蓼花。

这些诗句,都足以证明它是宜乎水的。蓼花种类不一,有青蓼、紫蓼、香蓼、马蓼、水蓼、木蓼之别。更有白蓼,我曾得其种,栽在莲池旁边,好像美人淡妆,别饶丰致,可惜第二年就断了种。

红蓼最为普遍,干高三四尺、五六尺不等。今年我有一株,竟高达一丈以外;叶薄而尖狭,着花作穗状,长二三寸,纷披如璎珞,临风摇曳,分外妩媚。蓼花别有水葒的名称,梅尧臣咏以诗云:

> 灼灼有芳艳,本生江汉滨。
> 临风轻笑久,隔浦淡妆新。
> 白露烟中客,红蕖水上邻。
> 无香结珠穗,秋露浥罗巾。

又叶申芗《秋波媚》词云:

> 小园奚似壮秋容,烟穗簇芳丛。萧疏画意,柳衰让碧,芦淡输红。
> 水天忽忆江南梦,落日放孤篷。影迷初雁,香留残蝶,点缀西风。

这一诗一词,把蓼花的美,全都描写出来了。

木芙蓉，又名木莲，又名拒霜，又名华木，又名地芙蓉，为落叶灌木，干高六七尺，叶如手掌，作浅裂，柄长互生，农历十月开花，有大红千瓣、白千瓣、半白半桃红千瓣诸种，并有作黄色者，最为难得。又有所谓三醉芙蓉者，一日间换三色，朝白，午桃红，晚大红，是此中佳种。我园莲池畔有之，映着池水，更觉美艳。据说此种产于瓯江、温州一带，因此瓯江别名芙蓉江，竟以花而得名。又邛州有弄色木芙蓉，一日白，二日浅红，三日黄，四日深红，花落时，又变为紫色，人称文官花，这比三醉芙蓉更为名贵了。

芙蓉于霜降时节开花，傲气足以拒霜，因有拒霜花之称。清代袁枚有《渔女》一诗云"短篷轻楫自为家，羞上胭脂渚畔槎。莫讶风鬟吹不乱，芙蓉原是拒霜花"，可作佐证。

古人对于芙蓉有很高的评价，说它清姿雅质，独殿众芳，秋江寂寞，不怨东风，可称俟命的君子。花的气味辛平无毒，可以清肺凉血，解毒散热，消肿治恶疮，排脓止痛，对于医疗上很有功效，不但是供人欣赏而已。清代高士奇《北墅抱瓮录》云：

> 木芙蓉潇洒无俗姿。……性本宜水,特于水际植之,缘溪傍渚,密比若林,杂以红蓼,映以翠荚,花光入波,上下摇漾,犹朝霞散绮,绚烂非常。常见宋孝宗书[唐人]刁光胤木芙蓉画幅云:"托根不与菊为双,历尽风霜未肯降。本是无心岂有怨,年年清艳照秋江。"善为此花写照矣。

其实此诗不特善为此花写照,并写出了此花高傲的品质,正不在东篱秋菊之下。

木芙蓉花无毒,所以可入食谱。宋代林山人洪,曾采芙蓉花煮豆腐,红白交错,恍如雪霁之霞,名雪霁羹。孟蜀后主,以此花染缯作帐,名芙蓉帐。又于成都城上遍种芙蓉,每年秋深,四十里高下如锦如绣,因有锦城之称。这是芙蓉佳话,可作谈助。

## 花雨缤纷春去了

春光好时,百花齐放,经过了二十四番花信,那么花事已了,春也去了。据说每年从小寒到谷雨,合八气,得四个月,每气管十五天,每五天一候,八气计共二十四候,每候以一花的风信应之。小寒一候梅花,二候山茶,三候水仙。大寒一候瑞香,二候菊花,三候山矾。立春一候迎春,二候樱桃,三候望春。雨水一候菜花,二候杏花,三候李花。惊蛰一候桃花,二候棣棠,三候蔷薇。春分一候海棠,二候梨花,三候木兰。清明一候桐花,二候麦花,三候柳花。谷雨一候牡丹,二候酴醾,三候楝花。这二十四番花信,很为准确,你只要一见楝树上开满了花,那就知道春要向你告别了。

每逢梅花烂漫开放的时节,春就悄悄地到了人间,使人顿觉周身有了生气。可是春很无赖,来去飘忽,活像是

偷儿的行径,不上几时,就在我们不知不觉间偷偷地走了。我曾胡诌了一阕《蝶恋花》词谴责它:

> 正是缃梅初绽候,骀荡春光,便向人间透。十雨五风频挑逗,江城处处花如绣。
>
> 恨杀春光留不久,来也偷来,走也偷偷走。绿渐肥时红渐瘦,防它一去难追究。

但是尽管你恨恨地谴责它,或苦苦地挽留它,它还是悄没声儿地溜走了。

古人对于春之去,也有不胜其依恋而含着怨恨的。词中的代表作,如宋代黄山谷《清平乐》云:

> 春归何处?寂寞无行路。若有人知春去处,唤取归来同住。
>
> 春无踪迹谁知,除非问取黄鹂。百啭无人能解,因风飞过蔷薇。

辛稼轩《祝英台近》云:

宝钗分,桃叶渡,烟柳暗南浦。怕上层楼,十日九风雨。断肠点点飞红,都无人管,倩谁唤流莺声住?

鬓边觑,试把花卜归期,才簪又重数。罗帐灯昏,哽咽梦中语。是他春带愁来,春归何处,却不解带将愁去。

又释子如晦句云:

有意送春归,无计留春住。毕竟年年用着来,何似休归去。

连这心无罣碍的和尚,也想留住春光,劝它不要归去了。然而想得开的人也未尝没有,如秦观云:

节物相催各自新,痴心儿女挽留春。
芳菲歇去何须恨,夏木阴阴正可人。

杨万里云:

> 只余三日便清和,尽放春归莫恨他。
> 落尽千花飞尽絮,留春肯住欲如何?

末一语问得好,怕谁也回不出话来。清代俞曲园曾以"花落春长在"一句擅名,因以"春在"名其堂,花落了,春去了,只当它长在,这倒也是一种阿Q式的自慰。

春既挽留不住,那么还是送它走吧。明代唐伯虎与社友们携酒桃花坞园中送春,酒酣赋诗,曾有"三月尽头刚立夏,一杯新酒送残春""夜与琴心争蜜烛,酒和香篆送花神"等句。此外清代骚人墨客,也有柬约知友作送春之会的,如李锳柬云:

> 春色三分,一分流水,二分尘土矣。零落如许,可不至郊外一游乎?纵不能留春,亦当送春,春未必不待我于枝头叶底也。

又徐菊如柬云:

> 洛阳事了,花雨缤纷,欲携斗酒,为春作祖饯,公

有意听黄鹂乎?长干一片绿,是我两人醉锦裀矣。

这二人以乐观的态度去送春,是合理的。好在今年送去了春,明年此时,春还是要来的啊。

# 得水能仙天与奇

"得水能仙天与奇",这七个字中嵌着"水仙"二字,原是宋代诗人刘邦直咏水仙花的,以下三句是:"寒香寂寞动冰肌。仙风道骨今谁有?淡扫蛾眉簪一枝。"这首诗确是贴切水仙,移咏他花不得。

水仙是多年生草,生在湿地,茎秆中空如大葱,而根如蒜头,出在厦门的,往往三四个排在一起;出在崇明的,只是单独的一个。叶与萱草很相像,可是较萱叶为厚,春初有茎从叶中抽出,渐抽渐长,梢头有薄膜包着花蕊数朵,开放时花作白色,圆瓣黄心,有似一盏,因此有"金盏银台"的别称。此花清姿幽香,自是俊物。花有复瓣与单瓣二种,复瓣的名玉玲珑,花瓣折皱,下部青黄而上部淡白,称为真水仙;据说还有开花作红色的,却从未见过。我偏爱单瓣,以为可以入画,几位画友,也深以为然。六朝人称水仙为雅蒜，我前年曾从古董铺中买到一个不等边形的汉砖所琢成的水仙盆，上刻"雅蒜"二字，署名"之谦"，岁首供崇明水仙十余株，伴以荆州红石子，饶有画意。

水仙也有神话，据说华阴人汤夷，服水仙八石为水仙，即名河伯。谢公梦一仙女赠与水仙一束，次日生一女，长而聪慧工诗。姚姥住长离桥，寒夜梦见观星落地，化作水仙一丛，又美又香，就吃了下去。醒来生下一女，稍长，聪明能文，因名观星，观星即是天柱下的女史星，所以水仙一名女史花，又名姚女花。

宋代杨仲囦从萧山买到水仙花一二百本，种在两个古铜洗中，十分茂美，因学《洛神赋》体，作《水仙花赋》。此外，如高似孙有《水仙花前赋》《后赋》，洋洋千余言，的是杰作。元代任士林、明代姚绶，也各有《水仙花赋》，都以洛浦神女相比拟。清代龚定盦，十三岁作《水仙花赋》，有"有一仙子兮其居何处？是幻非真兮降于水涯。弹翠为裾，天然妆束。将黄染额，不事铅华"之句，也是比作水中仙女的。

诗词中咏水仙花的，佳作很多，如明王谷祥云：

仙卉发璚英,娟娟不染尘。

月明江上望,疑是弄珠人。

元陈旅云:

莫信陈王赋洛神,凌波那得更生尘。

水香露影空清处,留得当年解珮人。

袁士元云:

醉阑月落金杯侧,舞倦风翻翠袖长。

相对了无尘俗态,麻姑曾约过浔阳。

丁鹤年云:

影娥池上晓凉多,罗袜生尘水不波。

一夜碧云凝作梦,醒来无奈月明何。

明文徵明云:

罗带无风翠自流,晚寒微飐玉搔头。

九嶷不见苍梧远,怜取湘江一片愁。

清金逸云：

枯杨池馆响栖鸦,招得姮娥做一家。

绿绮携来横膝上,夜凉弹醒水仙花。

这些诗句,都是雅韵欲流,足为水仙生色。

# 花光一片紫云堆

我对紫藤花,有一种特殊的爱好。每逢暮春时节,立在紫藤棚下,紫光照眼,璎珞缤纷,还闻到一阵阵的清香,真觉得可爱煞人!

我记到了苏州的几株宝树,怎么会忘却拙政园中那株夭矫蟠曲如虬如龙的老紫藤呢?这紫藤的主干又枯又粗,可供二人合抱,姿态古媚已极,据说是明代诗书画三绝的文徵明所手植,五六百年来饱阅风霜,老而弥健,只因曲曲弯弯地蟠将上去,不比其他古树的挺身而立,所以下面支以铁柱,上面枝叶伸展开去,仿佛给满庭张了一个绿油油的天幕。壁间有不知何人所题"蒙茸一架自成林"七字,并于地上立一碑,大书"文衡山先生手植藤"八字。解放后,苏南文物管理委员会来整修拙政园,对于这株古藤非常重视,特地装置了一排朱红漆的栏杆保护它,要使这株宝树延长寿命,长供公众的欣赏,这措施实在是必要的。每年开花时节,我总得专诚前去,痴痴地靠着红栏杆,饱领它的色香,有时为那虬龙一般的枯干所陶醉,恨不得把它照样缩小了,种到我的那只明代铁砂的古盆中去,尊之为盆栽之王。

此外,南显子巷惠荫园中的水假山上,也有一株老藤,是清康熙年间名儒韩菼所手植,所以藤下立有"韩慕庐先生手植藤"一碑。主干也有一抱多,粗粗的枝条,好像千手观音的手一般伸展开去,一枝枝腾挐向上,有好几枝直挂到墙外去,蔚为奇观。暮春时敷荫很广,绿叶纷披中,一串串像流苏般挂满了紫色的花,实在是足与文衡山的老藤争妍斗艳的。此外,更有一株老紫藤,在木渎山塘青石桥附近。沿塘有一株老榆树,粗逾两抱,却交缠着一株又粗又大的老藤,估计它的高寿,也足足有一百多岁了。这一榆一藤交缠在一起,仿佛是两个力大无朋的大汉,在那里打架角力一般,模样儿很觉好玩;曾由张仲仁先生给它们起了一个雅号,叫做"古榆络藤",现在不知依然无恙否?

我家园子里,也有一株老藤,主干已枯,古拙可喜,难能可贵的是：它的花是复瓣的，作深紫色，外间从未见过，据说是日本种，朋友们纷纷称美，我曾以七绝一首宠之：

繁条交纠如相搏，屈曲蛇蟠擘不开。
好是春宵邀月到，花光一片紫云堆。

架上另有一株，年龄稍小，花作浅红色，也很别致；可惜地盘都给前一株占去了，着花不多，似乎有些屈居人下的苦痛。除此以外，我又有盆栽紫藤多株，以沧浪亭可园移来的一株为甲观，主干只剩半片，而年年开花数十串，生命力仍很充沛。另有两株是日本种的九尺藤，花串下垂特长，可是九尺之称，实在是夸大的。其他山藤多株，都不见开花，据一位老园艺家说，倘把盆子埋在地下，使根须透出盆底的小孔，就会开花，今春我已如法一试，不知明年究能如愿否？紫藤花有清香，倘蘸了面粉的糊，和以白糖，入油锅炸熟，甘香可口，好奇者不妨一尝试之。

# 易开易谢的樱花

樱花是落叶亚乔木,叶作尖形,与樱桃叶一模一样,花五瓣,也与樱桃花相同,不过樱桃花结实,而樱花是不会结实的。花有单瓣,有复瓣,色有白、绿与浅红三种,易开易谢,一经风雨,就落英满地了。我们的邻国日本,不知怎的,竟挑上了这樱花作为他们的国花,三岛上到处都种着,花开的时节,称为樱花节,士女们都得到花下去狂欢一下,高歌纵酒,不醉无归;连全国的学校也放了樱花假,让学生们及时行乐,真的是举国若狂了。自从上一次大战惨败之后,国运衰微,民生憔悴,美国占领军又盘踞不去,到处横行,每年虽逢到了樱花时节,也许没有这闲情逸致了吧。

我的园子里,本有两株樱花,那株浅红色花的早就死了,还有一株白的,却已高出屋檐。今年春光好时,着花无数,我本来爱花若命,对于花几乎无所不爱,可是经了

"八一三"创巨痛深,对樱花也并没好感,记得往年曾有这么一首诗:

芳菲满眼占春足,紫姹红嫣绕屋遮。
花癖还须分国界,樱花不爱爱梅花。

某一天早上见树头已疏疏落落地开了几枝花,与一树红杏相掩映,我只略略看了一眼,并不在意;谁知到了午后,竟完全开放,望过去恰如白云一大片,令人有"其兴也勃焉"之感,雨风一来,就纷纷辞枝而下,这正可象征日本国运的兴得快也败得快呢。

故词人况蕙风,对于樱花似乎特殊地爱好,既以"餐樱庑"名其斋,而词集中咏叹樱花的作品,也有十余阕之多。兹录其《浣溪沙》九之五云:

不分群芳首尽低,海棠文杏也肩齐。东风万一尚能西。

见说墨江江上路,绿云红雪绣双堤。梅儿冢畔惜香泥。

何止神州无此花,西方为问美人家。也应惆怅望云涯。

风味似闻樱饭好,天台容易恋胡麻。一春香梦逐浮槎。

画省三休伫玉珂,峨冠宝带惹香多。锦云仙路簇青娥。

似此春华能爱惜,有人芳节付蹉跎。隔花犹唱定风波。

何处楼台罨画中？瑶林琼树绚春空。但论香国亦仙蓬。

未必移根成惆怅,只今顾影越妍浓。怕无芳意与人同。

且驻寻春油壁车,东风薄劣不关花。当花莫惜醉流霞。

总为情深翻怨极,残阳偏近蒨云斜。啼鹃说与各天涯。

词固隽丽,足为樱花生色,可是樱花实在不足以当之。

前南社社友邓尔雅有《樱花》诗五言一首:

> 昨日雪如花,明日花如雪。
> 山樱如美人,红颜易销歇。

这也是说樱花的易开易谢,任它开放时如何的美,总觉美中不足。

樱花中白色的和浅红色的都不稀罕,只有绿色而复瓣的较为名贵;但也与吾国梅花中的绿萼梅相似,含苞时绿得可爱,开足后也就变淡,好像是白的了。上海江湾路附近,旧有日本人的六三园,中有绿樱花数十株,种在一起,成了一片樱花林,开花时总得邀请中外诗人画家们前去观赏,故杭州词人徐仲可曾与无锡王西神同去一看,宠之以词,各填《瑶华》一阕,徐词已佚,王词云:

> 玲珑梅雪,葱蒨梨云,试鸾绡红浣。亭亭小立,妆竟也、一角水晶帘卷。露寒仙袂,好淡扫、华清娇面。似那时、珠箔银屏,唤题九华人懒。

丝丝绿茧低垂,伴姹紫嫣红,不胜清怨。移根何处?只怅望、三岛蓬莱春远。明光旧曲,早换了、看花心眼。对玉窗、凤髻重簪,吟入郑家魂断。

樱花树身易于虫蛀,不能经久;自日本战败以后,园主他去,三径荒芜,这数十株绿樱花,怕也荡然无存了。

# 一生低首紫罗兰

　　幽葩叶底常遮掩,不逞芳姿俗眼看。
　　我爱此花最孤洁,一生低首紫罗兰。

　　艳阳三月齐舒蕊,吐馥含芬却胜檀。
　　我爱此花香静远,一生低首紫罗兰。

　　开残篱菊秋将老,独殿群芳密密攒。
　　我爱此花能耐冷,一生低首紫罗兰。

这三首诗,是我为歌颂紫罗兰而作的;那"一生低首紫罗兰"句,出于老友秦伯未兄之手,他赠我的诗中曾有这么一句,我因此借以为题。

紫罗兰产于欧美各国,是草本,叶圆而尖其端,很像是一颗心;花五瓣,黄心绿萼,花瓣的下端,透出萼外,构造与他花不同。花有幽香,欧美人用作香料,制皂与香水,娘儿们当作恩物。此花虽是草本,而叶却经冬不凋,并且春秋两季,都会开花;今年也并不像他花么延迟时日,三月下旬就照常地盛开了。

考希腊神话,司爱司美的女神维纳丝(Venus),因爱人远行,分别时泪滴泥土,来春发芽开花,就是紫罗兰。我曾咏之以诗:

娟娟一圃紫罗兰,神女当年血泪斑。
百卉凋零霜雪里,好花偏自耐孤寒。

我之与紫罗兰,不用讳言,自有一段影事,刻骨倾心,达四十余年之久,还是忘不了;因为伊人的西名是紫罗兰,我就把紫罗兰作为伊人的象征,于是我往年所编的杂志,就定名为《紫罗兰》《紫兰花片》,我的小品集定名为《紫兰芽》《紫兰小谱》,我的苏州园居定名为"紫兰小筑",我的书室定名为"紫罗兰盦",更在园子的一角叠石为台,定名为"紫兰台",每当春秋佳日紫罗兰盛开时,我往往痴坐花前,细细领略它的色香;而四十年来牢嵌在心头眼底的那个亭亭倩影,仿佛从花丛中冉冉地涌现出来,给我以无穷的安慰。故王西神前辈,曾采取我的影事作长诗《紫罗兰曲》,兹录其首段云:

飞琼姓氏漏人间,天风环珮来姗姗。
千红谢馥嫣红俗,化作琪葩九畹兰。
芳兰本自生空谷,白石清泉寄幽躅。
韵事尽教传玉台,秾姿未肯藏金屋。
移根远道来欧洲,瑶草呼龙种碧畴。
耕同仙李供香国,咒傍夭桃俪粉侯。

诗太长了,只录其花与人双关的一段,以下从略。

我往年所有的作品中,不论是散文、小说或诗词,几乎有一半儿都嵌着紫罗兰的影子,故徐又铮将军当年曾赋诗见赠云:

持鬘天后落人寰,历劫情肠不可寒。
多少文章供涕泪,一齐吹上紫罗兰。

真是知我者的话。可是宣传太广,就被人家利用了,往年广东有女舞蹈家,艺名紫罗兰,杭州有紫罗兰商店,上海与苏州有紫罗兰理发店,其实都是与我不相干的。我的《红鹃词》中,有几阕小令,都咏及紫罗兰,如《花非花》云:

　　花非花,露非露。去莫留,留难住。当年沉醉紫兰宫,此日低徊杨柳渡。

《转应曲》云:

　　难耐,难耐,泼眼春光如绩。万花婀娜争开,付与贪蜂去来。来去,来去,魂骈紫兰香处。

又《如梦令》云:

　　一阵紫兰香过,似出伊人襟左。恐被蝶儿知,不许春风远播。无那,无那,兜入罗衾同卧。

日来闲坐花前,抚今思昔,不禁回肠荡气了。

金鱼中有一种从北方来的,叫做紫兰花,银鳞紫斑,雅丽可喜,旧时我曾蓄有二十尾,分作二缸,与紫罗兰花并列一起,堪称双璧。

# 茉莉开时香满枝

茉莉原出波斯国,移植南海,闽粤一带独多;因系西来之种,名取译音,并无正字,梵语称末利,此外又有没利、抹厉、末丽、抹丽诸称,都是大同小异的。花有草本、木本之分,茎弱而枝繁,叶圆而带尖,很像茶叶,夏秋之间开小白花,一花十余瓣,作清香,很为可爱!有复瓣更多的称宝珠小荷花,出蜀中,最名贵。据说别有红茉莉,色艳而无香,作浅红色的称朱茉莉,雷州、琼州有绿茉莉与黄茉莉,我们从未见过。

佛书中称茉莉为鬘华,因它往往给娘儿们装饰髻鬟的。苏东坡谪儋耳时,见黎族女子头上竞簪茉莉,因拈笔戏书几间,有"暗麝著人簪茉莉"之句。关于茉莉簪鬟的事,诗人词客都曾咏及,如明代皇甫汸云:

萼密聊承叶,藤轻易绕枝。

素华堪饰鬓,争趁晚妆时。

宋代许棐云:

荔枝乡里玲珑雪,来助长安一夏凉。

情味于人最浓处,梦回犹觉鬓边香。

清代王士禄云:

冰雪为容玉作胎,柔情合傍琐窗隈。

香从清梦回时觉,花向美人头上开。

徐灼云:

酒阑娇惰抱琵琶,茉莉新堆两鬓鸦。

消受香风在凉夜,枕边俱是助情花。

恽格云:

醉里频呼龙井茶,黄星黡乱鬓边鸦。

移灯笑换葡萄锦,倚枕斜簪茉莉花。

词如徐釚《清平乐》云:

> 清芬飘荡,偏与黄昏傍。浴罢玉奴心荡漾,小缀乌云髻上。
>
> 定瓷渍水初开,春纤朵朵分来。半晌鬖鬖撩乱,不教贴上银钗。

黄燮清《减兰》云:

> 芳心点点,细朵惺忪娇素艳。碎月筛廊,凉约烟鬟称晚妆。
>
> 玲珑小玉,窄袖轻衫初试浴。香已销魂,况在秋罗扇底闻。

看了这些诗词,便知茉莉与女子鬓发似乎是分不开的。

把茉莉花蒸熟,取其液,可以代替蔷薇露;也可作面脂,泽发润肌,香留不去。吾家常取茉莉花去蒂,浸横泾白酒中,和以细砂白糖,一个月后取饮,清芬沁脾。至于用茉莉花窨茶叶,更是司空见惯的事;北方爱好的香片,就是茉莉窨成的。近年来苏州花农争种茉莉,夏花秋花,先后可开三四次,而灌水、施肥、摘花等工作,都在烈日炎炎下施行,实在是非常辛苦的。听说茉莉所窨的茶叶,不但广销于北方,并且装运出国,换回重工业建设所需要的机械,不道这些小小花朵,也负着如此重大的使命,真可流芳百世了。

茉莉除了簪鬓外,也有用铅丝拴成了球,挂在衣纽上;或盛在麦柴精编的小花囊中,佩在身上;更有特别加工,扎成了精巧玲珑的花篮,挂在床帐中的;因为它的阵阵清香,太可人意了。茉莉球宋代已有之,戴复古诗中曾有"香薰茉莉球"之句。又范成大诗云:

忆曾把酒泛湘漓,茉莉球边擘荔枝。
一笑相逢双玉树,花香如梦鬓如丝。

茉莉花囊见于清人诗中的,如平素娴《闺中杂咏》之一云:

一棱琥珀映香肩,茉莉囊悬翠髻边。

贪看纱㡡凉月影,语郎今夜且分眠。

清代吴谷人《有正味斋词》中,曾有《瑶华》一阕咏茉莉花篮云:

浓香解媚,清艳含娇,簇盈盈凉露。金丝细绾,诇琼壶、冷浸清冰如许。玲珑四映,问恁得、相思盛住?已赢他、织翠裁筠,消受美人怜取。

几回荡着轻刡,听吴语呼时,争傍篷户。拎来素手,爱袖底、犹带采香风趣。斜阳渐晚,看挂向、粉舆归去。到夜阑、斗帐横陈,梦醒蝶魂无据。

末二句就归纳到床帐中去了。

# 紫薇长放半年花

似痴如醉弱还佳,露压风欺分外斜。
谁道花无红百日,紫薇长放半年花。

这是宋代杨万里咏紫薇花的诗,因它从农历五月间开始着花,持续到九月,约有半年之久,所以它又有一个"百日红"的别名。

紫薇是落叶亚乔木,高一二丈,也有达三四丈的。树干光滑无皮,北方人称之为猴刺脱树,就是说猴子也爬不上的。要是用指爪去搔树身时,树叶会微微颤动,好像也有感觉而怕痒似的,所以它又有"怕痒树"之称。叶片对生,绿色而有光泽;每一枝着花数颖,每一颖开花七八朵或十余朵不等。花未放时,苞如青豆,花瓣的构造很特别,多襞皱,每朵好似一个小小的轮子,作紫色;另有红白二色,称红薇、白薇;又有紫中带浅蓝色的,名翠薇,不常见。

《广群芳谱》对紫薇评价很高,说它:

> 一枝数颖,一颖数花,每微风至,妖娇颤动,舞燕惊鸿,未足为喻。唐时省中多植此花,取其耐久,且烂漫可爱也。

唐开元元年,改中书省为紫薇省,中书令为紫薇令,就为的省中都种有紫薇花之故。于是诗人们又得了诗料,往往把花与官结合起来,如白乐天云:

> 丝纶阁下文章静,钟鼓楼中刻漏长。
> 独坐黄昏谁是伴?紫薇花对紫薇郎。

杨万里云:

> 晴霞艳艳复檐牙,绛雪霏霏点砌沙。
> 莫管身非香案吏,也移床对紫薇花。

陆放翁云：

> 钟鼓楼前官样花，谁令流落到天涯？
> 少年妄想今除尽，但爱清樽浸晚霞。

"官样花"三字含有讽刺之意，紫薇不幸，竟戴上了个官的头衔，就觉得它俗而不韵了。

紫薇花因为常被人把它和官牵扯在一起，所以好诗好词绝少，我只爱明代程俱五古一首云：

> 晚花如寒女，不识时世妆。
> 幽然草间秀，红紫相低昂。
> 荣木事已休，重阴冈深苍。
> 尚有紫薇花，亭亭表秋芳。
> 扶疏缀繁柔，无复粉艳光。
> 空庭一飘委，已觉巾裾凉。
> 手中蒲葵箑，虽复未可忘。
> 仰视白日永，凄其感冰霜。

清代陈其年《定风波》词云:

> 一树曈昽照画梁,莲衣相映斗红妆。才试麻姑纤鸟爪,袅袅,无风娇影自轻飏。
> 谁凭玉阑干细语,尔汝,檀郎原是紫薇郎。闻道花红无百日,难得,笑他团扇怕秋凉。

上半阕还不差,而下半阕来了个紫薇郎,就感到减色,不如程诗之通体不着一个"官"字来得好了。

唐代大诗人杜牧之曾作中书省舍人,因被称为紫薇舍人杜紫薇,他曾有《紫薇花》诗一绝:

> 晓迎秋露一枝新,不占园中最上春。
> 桃李无言又何在,向风偏笑艳阳人。

作紫薇郎而诗中一字不提,自不失其为好诗。

紫薇花有大年有小年,去年恰逢大年,我园的一株红薇一株白薇,和七八个老本盆栽,都烂漫着花,如火如荼,朝夕观赏,眼福不浅。盆栽中有红薇一株,枯干作船形,虬枝四张,满开着红花,古媚可爱;我把一个小型的达摩立像放在干上,取"达摩渡江"之意,别饶奇趣。又有紫薇大本一株,枯干好似顽石,上生青苔,如画师用大青绿设色,更多画意;着花数百朵,全作紫色,真是道地的紫薇了。

## 萼绿华

梅花开在百花之先,生性耐寒,独标高格,《群芳谱》里,推它居第一位,自可当之无愧。旧时梅花种类很多,有墨梅、官城梅、照水梅、九英梅、同心梅、丽枝梅、品字梅、台阁梅、百叶缃梅诸称,现在都已断种。我于花中最爱梅,并且偏爱老干的盆梅;年来尽力罗致,得江梅、绿梅、红梅、送春梅、玉蝶梅、朱砂红梅、胭脂红梅,和日本种的花条梅、乙女梅、芦岛红梅、单瓣深红的枝垂梅等。以花品论,自该推绿梅为第一,古人称之为萼绿华,绿萼青枝,花瓣也作淡绿色,好像淡妆美人,亭立月明中,最有幽致;诗人词客,甚至以九嶷仙人相比。宋孝宗时,宫中有萼绿华堂,堂前全种绿梅。

我园紫兰台上,有绿梅一株,古干虬枝,树龄足有二百年,十余年前,从邓尉移来,至今年年着花,繁密非常,伴以奇峰怪石，更觉古雅。盆梅中也有好多株老干的绿梅，而以"鹤舞"一株为魁首，树龄已在一百岁外。先前原为苏州名画师顾鹤逸先生所手植，先生去世后，传之令子公雄，不幸公雄也于五年前去世，他的夫人知我爱梅如命，就托公雄介弟公硕移赠于我。我小心培养，爱如拱璧，五年来老而弥健，枯干上着花如故，因干形如鹤，两大枝很似鹤翅，仿佛要蹲蹲起舞，因此名之为"鹤舞"。一九五六年春节，拙政园远香堂中举行梅花展览会，我以此梅种在一只椭圆形的白沙古盆中，陈列中央最高处，自有睥睨一世之概。

明代小简中，有道及绿梅的，如王世贞与周公瑕云：

> 梅花屋雨日当甚佳。翠禽唧啾，恼足下清梦，莫更以为萼绿华否？

史启元报友云：

> 想兄拥双荷叶，歌八卿之曲，芙蓉帐暖，金谷

风生。若弟兀坐寓斋,枯禅行径,朝来浓雪披绿萼,稍有晋人肠肺。

**清代诗中,如范玑《绿萼梅》云:**

细波展縠弥弥远,芳草欺裙缓缓鲜。
怕向江头吹玉笛,夜寒愁绝九嶷仙。

吴嵩梁《坐月》云:

林塘幽绝似山家,坐转阑阴月未斜。
仙鹤一双都睡着,冷香吹遍绿梅花。

邵曾鉴《拗春》云:

拗春天气酒难赊,微雪初晴日易斜。
今夜瓦垆停药帖,细君教煮绿梅花。

**这三首诗,都像萼绿华一样的清隽,不着一些烟火气。**

# 但有一枝堪比玉

"但有一枝堪比玉,何须九畹始征兰。"这是明代诗人张茂吴咏玉兰花的诗句,嵌上了"玉兰"两字,而也抬高了玉兰的身价。春分节近,气候转暖,一经春阳烘晒,春风嘘拂,玉兰的花蕾儿顿时露了白,不上两三天,就一朵朵地开放起来。我们搞园艺的,往往把玉兰当作寒暑表,每年春初一见玉兰花开,就知道不会再有冰冻,凡是安放在室内的盆树盆花,都可移出来了。

玉兰是落叶亚乔木,有高达数丈的,都是数百年物。枝条短而樛曲,很有风致;一枝一朵花,都着在枝梢,花九瓣,洁白如玉,有微香,与兰蕙相似。今年是玉兰的丰年,我园子里的一株,高不过丈余,着花数百朵,烂漫可观;可惜不能耐久,十天以后,就落英满地了。要是趁它开到五六分时,摘下花瓣来,洗净拖以面糊,用麻油煎食,别有风味。

苏州拙政园中部,有玉兰堂,榜额为明代大书画家文徵明手笔,遒逸不凡,庭前有老干玉兰,开花时一白如雪,映照得堂奥也觉得亮了起来。文氏也是爱好玉兰的,曾有七律一首加以咏叹:

> 绰约新妆玉有辉,素娥千队雪成围。
> 我知姑射真仙子,天遣霓裳试羽衣。
> 影落空阶初月冷,香生别院晚风微。
> 玉环飞燕原相敌,笑比江梅不恨肥。

他的诗友沈周,也有同好,曾有句云:"韵友自知人意好,隔帘轻解白霓裳。"他简直把玉兰作为韵友了。

玉兰宜于种在厅堂之前,昔人喜把它和海棠、牡丹同植一庭,取玉堂富贵之意,在新社会中看来,实在是封建气味十足的。可是玉兰花盛开的时候,确也好看,甚至比作玉圃琼林、雪山瑶岛。明代诗人丁雄飞曾有《邀六羽叔赏玉兰》一简云:

> 玉兰雪为胚胎,香为脂髓,当是玉卮飞琼辈偶离上界,为青帝点缀春光耳。皓月在怀,和风在袖,夜悄无人时,发宝瑟声。侄瀹茗柳下,候我叔父,凭阑听之。

他将玉兰当作天上的所谓仙子,竟给与一个最高的评价。

洞庭东山紫金院里,有一株数百年的老玉兰,上半截早已断了,只剩几尺高,干已枯朽,只有一张皮还有生机,年年着花十余朵,多数是白色的,少数是紫色的,大概是把玉兰和辛夷接在一起之故。可惜树龄太老,树身太大,再也不能移植,如果能移植在盆子里的话,那是盆栽之王、盆栽之宝了。每年春初,这株老玉兰吸引不少人前去观赏,我祝颂它老而弥健,益寿延年!

# 霜叶红于二月花

远上寒山石径斜,白云生处有人家。
停车坐爱枫林晚,霜叶红于二月花。

这是唐代大诗人杜牧之的一首《山行》诗,凡是爱好枫叶的人,都能朗朗上口的。"霜叶红于二月花",这七个字的名句,给与枫叶一个很高的评价。

枫别名灵枫、香枫,又称摄摄,据《尔雅》说:"枫摄摄",因枫叶遇风则鸣,摄摄作声之故。树身高大,自一二丈达三四丈,叶小而秀,有三角、五角、七角之分,也有状如鸡脚、鸭掌或蓑衣的。据说枫的种类很多,计五六十种。山枫的叶子是三角的,称为粗种,可以利用它的干,接以其他细种,易活易长。农历二月间,开小白花,结实作元宝形,掉在地上过冬,明春就长出一株株小枫来。我往往在园子里掘取十多株,合种在长方形的紫砂盆里或沙积石上,作枫林模样,很可爱玩。

枫叶入秋之后,渐渐地由绿色泛作黄色,一经霜打,便泛作红色,到了初冬,愈泛愈红,因此红叶就变成了枫叶的代名词。"红叶为媒"是唐代的一段佳话,至今还传诵人口,那故事是这样的:

> 唐僖宗时,学士于祐,晚步禁衢,于御沟得一红叶,有女子题诗其上;祐拾叶题句,置沟上流,宫人韩翠苹得之。后帝放宫女三千,出宫遣嫁;翠苹嫁祐,出红叶相示,惊为良缘前定。

这件事不知道是不是实有其事,如果是事实,可说是再巧也没有了。

古人爱好枫叶,纷纷歌颂,除杜牧之一首最著名外,宋代赵成德也有一首:

> 黄红紫绿岩峦上,远近高低松竹间。
> 山色未应秋后老,灵枫方为驻童颜。

它把枫叶夏绿秋黄以至入冬红紫各种色彩,全都写了出来。此外,历代诗人散句如"独叹枫香林,春时好颜色""一坞藏深林,枫叶翻蜀锦""遥看一树凌霜叶,好似衰颜醉里红""只言春色能娇物,不道秋霜更媚人""万片作霞延日丽,几株含露苦霜吟",从这些诗句中,都可看出霜后的枫叶,真是如翻蜀锦,美艳已极。

日本种植枫树,有独到处,种类之多,胜于我国,他们的枫,春天里就红了,称为春红枫,据说一年四季,红色始终不变。有一种春天红了,入夏泛绿,到秋深再泛为红。我家有盆栽老干枫树一株,高一尺余,露根如龙爪,姿态极美,春间发叶,鲜妍如晓霞,日本人称为静涯枫,最为难得。又有一株作悬崖形的,春夏叶作绿色,而叶尖却作浅红,并且是透明的,也可爱得很。

苏州天平山以石著,也以枫著,高义园、童子门一带,全是高大的枫树,入冬经霜之后,云蒸霞蔚,灿烂如锦绣;去年老友张晋、余彤甫二画师都去写生,画成了大幅,堪称一时瑜亮。今秋我虽常在探问"天平枫叶红了没有?",可是为了参加上海和苏州的菊展,手忙脚乱,不能抽身前去观赏一下。十一月下旬,中央文化部郑振铎同志来访,据说刚从天平山看枫归来,满山如火如荼,漂亮极了。我听了,羡慕他的眼福不浅。

南京的栖霞山,也以枫著称。每年深秋,前去看枫的人,络绎于途,因此俗有"春牛首,夏莫愁,秋栖霞"之说。这两年来我常往南京,总想念着栖霞。今秋因出席省文联代表大会之便,与程小青兄游兴勃发,都想一赏栖霞红叶,偿此宿愿,谁知一连好几天,都抽不出时间来,大呼负负。后来听费新我画师说,他已去过了,红叶都已凋谢,虚此一行。那么我们虽去不成,也不用后悔了。

从南京回得家来,却见我家爱莲堂前的那株大枫树,吃饱了霜,正在大红大紫的时期,千片万片的五角形叶子,烂烂漫漫地好像披着一件红锦衣裳,把半条廊也映照得红了。一连几天,朝朝观赏,吟味着"霜叶红于二月花"的妙句,虽没有看到天平和栖霞的红叶,也差足一餍馋眼了。

## 雁来红

千百种的花花草草,每一种都有一个名称。而花草中名称最美的要推雁来红,不但字面好看,而时令和色彩也全都在这三个字上表达了出来。怎么叫做雁来红呢?因为北雁南来的时候,叶变为红之故。为了它越老越鲜妍,因此又有一个"老少年"的别名。清初李笠翁作《闲情偶寄》,有"老少年"一则云:

> 此草一名雁来红,一名秋色,一名老少年,予尝易其名,曰还童草。此草中仙品也,秋阶得此,群花可废。此草植之者繁,观之者众,然但知其一,未知其二。予尝细玩而得之,盖此草不特于一岁之中,经秋更媚,即一日之中,亦到晚更媚。总之后胜于前,是其性也。

这一番话,对于雁来红的评价,再高没有了。

雁来红是一年生草,初出时好似苋菜,茎叶都和鸡冠一样。到了深秋,高达六七尺以至一丈,脚叶作深紫色,而顶叶一丛,猩红如染,分外的鲜艳,真与春花一般可爱。

雁来红另有一种是顶叶黄红,而脚叶全绿的。收子时标明了颜色,来春下子时,和前一种相间地种在地上,那么入秋以后,更觉斑斓可观。还有雁来黄一种,现已少见,每年秋季雁来时,脚叶仍绿,而顶叶变作纯黄,并且灼灼有光,不像是老叶枯黄的模样。这也可与前二种相间而种,相得益彰。

古诗中咏及雁来红的,宋代以前,竟一首都没有。宋人诗也不多见,仅见徐似道句云:"叶从秋后变,色向晚来红。"杨万里句云:

开了原无雁,看来不是花。
老为黄更紫,乃借叶为葩。

方岳七绝云:

秋入山篱叶正丹,老天浑误作花看。

不知宋玉今何似,雁欲来时霜正寒。

明代陆树声七绝云:

何事还丹可驻年,一枝正作草中仙。

霜华洗尽朱颜在,不学春花巧弄妍。

疏疏密密缀新红,庭下看来锦一丛。

不分芳华易消歇,剩将老色借秋风。

杨慎有雁来红赋,描写得如火如荼,足为奇卉生色。

清代诗人梁溪周子羽,有雁来红一诗:

翔雁南来塞草秋,未霜红叶已先愁。

绿珠宴罢归金谷,七尺珊瑚夜不收。

后来京中有一达官依此作画,遍求题咏,都觉得不很贴切,末了有某士人题诗云:

> 汉使传书托便鸿，上林一箭坠西风。
> 至今血染阶前草，一度秋来一度红。

见者都叹服，推为压卷之作。

除了雁来红、雁来黄外，另外一种十样锦，一名锦西风，又称锦布衲。叶似苋菜而大，顶叶纷披，有红、紫、黄、绿各色错综，因名十样锦。我最爱此种，庭前与雁来红合种一起，更觉烂漫悦目。曾于梦中得句云："东皇剪碎天孙锦，撒遍人间曜素秋。"得了这些秋色，秋天就不觉得寂寞了。不过它们都是常性，倘用长竹竿扶持着，可以过墙，也就容易招风，并且为了根须着土很浅，经风即倒。所以长得一二尺时，就要随时壅土，下雨之后，更非壅不可。秋色之美，全在叶片，一经蚱蜢、蜉蚰摧残，就七穿八洞，顿觉减色。子作黑色，细小如鸡冠子，外包薄壳，簇聚茎上，被风吹入土中，明年可不种自生；可是移植很难，十株不活一二。我曾把小株带泥作盆玩，也早晚伺候，费去了心力不少。

## 蜀葵花开一丈红

不知是怎么一回事,我家小园东部的百花坡下,今夏忽地生长出好几十株单瓣和复瓣的各色蜀葵花来,高高低低,密密层层,倒像结成了一面大锦屏一样,顿觉生色不少。就中有十多株桃红色和紫红色的,竟高至一丈以上,这就难怪浙江人要称蜀葵花为一丈红了。

蜀葵原产西蜀,别名戎葵、吴葵,又名卫足葵,因它的叶片倾向太阳,遮住了根部,所以称为卫足。叶片很大,像梧桐又像芙蓉,而花朵很像木槿。茎高五六尺至一丈外,据一本笔记上载:明代成化甲午年间,有倭人前来进贡,见阑干前有奇花不识,问明之后,才知是蜀葵,就题了一首诗:

花如木槿花相似,叶比芙蓉叶一般。

五尺阑干遮不尽,尚留一半与人看。

这就把蜀葵的花形、叶形以至花茎的高度,全都写出来了。花茎有白色和紫色的,以白色为上品。花从根部到顶部陆续开放,花期很长,从农历五月到七月,约有两个月之久。花色除白、红、紫红、粉红外,还有墨紫和茄子蓝的,较为名贵。据说如果种在肥地上,勤于灌溉和施肥,可以变出五六十种来,其实是由于风和蜂蝶的媒介,花粉杂交之故。

　　蜀葵易于繁殖,子落在地,第二年就会发芽生长,并且开出花来,因此园林中到处都有,并不稀罕,而历代诗文,却给以很高的评价。梁代王筠作《蜀葵花赋》,曾说:"迈众芳而秀出,冠杂卉而当闱,既扶疏而云蔓,亦灼烁而星微。"宋代颜延之作《蜀葵赞》,也说:"渝艳众葩,冠冕群英。"这样的说法,似乎太夸张一些。唐代诗人咏及蜀葵花的,颇有佳作,如陈陶《蜀葵咏》云:

　　绿衣宛地红倡倡,熏风似舞诸女郎。
　　南邻荡子妇亡赖,锦机春夜成文章。

岑参《蜀葵花歌》云：

> 昨日一花开,今日一花开。
> 今日花正好,昨日花已老。
> 人生不得长少年,莫惜床头沽酒钱。
> 请君有钱向酒家,君不见蜀葵花？

此君大概是个爱酒成癖的人,所以借蜀葵花的盛衰来劝人饮酒。其实花开花落,原是常事,又岂止蜀葵如此？

种植的方法,很为简易,花谢之后,子可多收一些,在农历八、九月间种在肥地上,让它过冬。到明年春初发了芽,长了茎,就将细小无力的剪去,留下粗壮的,经常浇水施肥；一过端阳,自会欣欣向荣,一株株开出无数的花来。花以千瓣五心、剪绒锯口为上,单瓣就不足贵。据说从前洛阳有九心剪棱蜀葵,自是贵种,不知现在还有种子否？折枝插瓶,可作案头清供,瓶中须用沸水灌满,再用硬纸塞口；或将花枝蘸石灰,等干燥后才插,那么满枝的花蕊全可开放,而叶片也可维持原状。

蜀葵也有经济价值,苗、根、茎、花、子,都可入药；嫩苗可当菜吃。花干放入炭鏧内,可引火耐烧。取六七尺长的茎,剥去了皮,可缉布,可作绳索。取叶片研汁,用布揩抹竹纸上,等它稍干,就用石压平,这种纸称为葵笺。唐代判司许远曾制此笺分赠白乐天、元微之,彼此作诗唱和。据说纸色绿而光泽,入墨觉有精彩;可惜这种葵笺,后代早已失传了。

## 芭蕉开绿扇

炎夏众卉中,最富于清凉味的,要算是芭蕉了。它有芭苴、天苴、甘蕉等几个别名,而以绿天、扇仙为最雅。唐代诗人李商隐曾有"芭蕉开绿扇"之句,就为它翠绿的叶片,可以制扇,而风来叶动,也很像拂扇的模样。清代李笠翁曾说:

> 幽斋但有隙地,即宜种蕉。……一二月即可成荫。坐其下者,男女皆入画图,且能使台榭轩窗尽染碧色。绿天之号,洵不诬也。

这些话说得很对,近年来我们正在大搞绿化,芭蕉高茎大叶,布荫极广,实在是绿化最适用的材料。它经雨之后,荫更布得快,陆放翁所谓"茅斋三日潇潇雨,又展芭蕉数尺阴",这是一个很好的说明,足资吟味。

芭蕉高丈余,茎粗而软,裹着一层又一层的皮,里白外青,一剥就会出水。叶片又长又大,一端稍尖,老叶刚焦,新叶就慢慢地舒展开来。凡是种了三年以上的芭蕉,就会生花,花茎从中心抽出,萼大而倒垂,多至十数层。每层都长花瓣,作鹅黄色,花苞中有汁,香甜可啜,这就是所谓"甘露",而甘露也就成了苏州娘儿们口中对芭蕉的俗称。

芭蕉叶片特大,下雨时雨点滴在叶上,清越可听,因此古今诗人词客,往往把芭蕉和雨联系在一起,词调有《芭蕉雨》,曲调有《雨打芭蕉》。诗词中更触处都是,如唐白乐天的"隔窗知夜雨,芭蕉先有声",汪遵的"秋宵睡足芭蕉雨,又是江湖入梦来";宋贺方回的"隔窗赖有芭蕉叶,未负潇湘夜雨声"。我的园子里种有不少芭蕉,可是离开内室太远,听不到雨打芭蕉的清响,真是一件憾事!记得某一年杨梅时节,游洞庭西山的包山寺,下榻大云堂,因连夜有雨,却听了个饱,自以为耳福不浅。当时诗兴大发,曾有"只因贪听芭蕉雨,误我虚堂半夕眠""芭蕉叶上潇潇雨,梦里犹闻碎玉声"等句,说它声如碎玉,倒也

有些儿相像的。至于古诗中专咏雨打芭蕉而得其三昧的,要算宋代杨万里的那首《芭蕉雨》:

芭蕉得雨便欣然,终夜作声清更妍。
细声巧学蝇触纸,大声锵若山落泉。
三点五点俱可听,万籁不生秋夕静。
芭蕉自喜人自愁,不如西风收却雨即休。

听雨打芭蕉还分出细声大声来,并且定量定时,分外周到,真可说是一位听雨专家了。

古籍中说:"芭蕉之小者,以油簪横穿其根二眼,则不长大,可作盆景,书窗左右,不可无此君。"不错,这十多年来,我每夏一定要把芭蕉作盆景,也不一定用那种油簪穿眼的方法,例如那盆"蕉下横琴",两株小芭蕉种在盆里已三年了,并没有施过手术,而年年发芽抽叶,并不长大。这几天供在爱莲堂上,我简直是当它宝贝一样,曾有诗云:

盆里芭蕉高一尺,抽心展叶自鲜妍。

> 不容怀素来题污,净几明窗小绿天。

> 案头亦自有清阴,掩映书窗绿影沈。
> 寸寸蕉心含露展,一般舒展是侬心。

这就足见我的踌躇满志了。等到今年九月中旬,它如果依然鲜妍,那就打算带上它上首都,向国庆献礼去。

芭蕉不但可供观赏,也可作药用,李时珍曾说它可除小儿客热,压丹石毒。肿毒初发,将叶研末,和生姜汁涂抹;将根捣烂,可治发背;花存性研,盐汤点服二钱,可治心痹痛。像这样的大热天,让孩子们躺在芭蕉叶上作午睡,清凉解暑,也是舒服不过的。

## 崖林红破美人蕉

芭蕉湛然一碧,当得上一个"清"字,可是清而不艳,未免美中不足;清与艳兼而有之的,那要推它同族中的美人蕉。

美人蕉属芭蕉科的芭蕉属,是多年生的宿根草本,产生在南方闽粤一带,因花色殷红,原名红蕉,明人诗中,曾有"崖林红破美人蕉"之句。茎有高矮,矮的不过一尺上下,高的竟达四五尺。茎上先抽一叶,作长椭圆形,先卷后放,叶中再抽新叶,就这样一片又一片地抽出来。叶色有翠绿的,也有一些带深紫色的,中脉粗大,与芭蕉相似,两侧支脉较细,是平行的。到了初夏,叶的中心就抽出花茎,外面有许多花苞,一层层地包住,苞脱落后,就开出花来,就像一只红蝴蝶模样。从此花朵便自下而上,陆陆续续地开放;一面又有新叶抽出,叶心又抽出新花,叶叶花花，次第抽放，一直到深秋不断。花开过之后，也会结子，明春播植，常可发现新种，比分根更好。

古人对这种红花的美人蕉有很高的评价，如唐代柳宗元诗，曾有"晚英值穷节，绿润含朱光。以兹正阳色，窈窕凌清霜"之句。韩偓一赋，说得更为夸张："在物无双，于情可溺。横波映红脸之艳，含贝发朱唇之色。"倒是宋代宋祁的《红蕉花赞》，说得老老实实："蕉无中干，花产叶间，绿叶外敷，绛质凝殷。"可是说得太老实了，并没有赞的意味。

据《群芳谱》说：美人蕉从东粤来的，其花开似莲花，红似丹砂；产在福建福州府的，四季都会开花，深红照眼，经月不谢，那中心的一朵花，晓生甘露，其甜如蜜；产在广西的，茎不很高，花瓣尖大，像莲花模样，红艳可爱。又有一种，叶与其他蕉类相同，而中心抽出红叶一片，也叫做美人蕉。又有一种，叶瘦如芦箬，花正红如石榴花，每天展放一二叶片，顶上的一叶，鲜绿如滴，花从春季开到秋季，还是开得很好。据《岭南杂记》称："红蕉，中抽一花，如莲蕊，叶叶递开，红赤夺目，久而不谢，名百日红。"这个别名，恰与红薇、紫薇相同，就为它们花期很长，可以开到一百天的缘故。

只因美人蕉原产两广和福建一带,所以唐人诗中如李绅云:

> 红蕉花样炎方识,瘴水溪边色最深。
> 叶满丛深殷如火,不惟烧眼更烧身。

这首诗火辣辣的,简直是要烧起来了。他如宋朱熹诗:

> 弱植不自持,芳根为谁好?
> 虽微九秋干,丹心中自保。

明皇甫汸诗:

> 带雨红妆湿,迎风翠袖翻。
> 欲知心不卷,迟暮独无言。

又无名氏诗云:

芭蕉叶叶扬瑶空,丹萼高攀映日红。

一似美人春睡起,绛唇翠袖舞东风。

后两诗都以蕉叶比翠袖,倒是很妙肖的。

美人蕉不单是红色的一种,我家还有黄、白、粉红诸色,而以红色镶黄边的最为娇艳,倒像美人的红衫子上镶上了一条金色的花边一样,临风微飐,似乎要舞起来了。

# 金花银蕊鹭鸶藤

三年以前,我从小园南部的梅邱上掘了一株直本的金银花,移植在爱莲堂廊下的方砖柱旁。三年来亭亭直上,高达屋檐,枝叶四散低垂,好像是挂着一条条的流苏,年年繁花怒放,幽香四溢。

金银花是藤本植物,一名鹭鸶藤,金代诗人段克己曾作长诗歌颂它,有"有藤名鹭鸶,天生非人育。金花间银蕊,翠蔓自成簇"之句,就把"金银"这名称点了出来。李时珍说:

> 三、四月开花,长寸许,一蒂两花,二瓣,一大一小,如半边状,长蕊。花初开者,蕊瓣俱色白,经二三日,则色变黄。新旧相参,黄白相映,故呼金银花,气甚芬芳。

因为它藤性坚韧,专向左缠,自有一定规律,因此又名"左缠藤"。柔蔓四袅,作紫色,叶对生,作卵形,新叶初发时,正面深绿,背面暗红,到了冬间,老叶败而新叶生,并不凋落,因此又名"忍冬"。此外,又有一个别名最为别致,叫做"金钗股",大概是为了它的花形略似古代妇女插戴的金钗之故。

农历四月,枝梢的叶腋间就抽出两个花蕾,也像叶片一样是对生的。初作紫红色,开足后分作大小两瓣,大瓣上端裂而为四,小瓣特小,只等于大瓣的四分之一,花须都为六根,长长地伸出花外。花色由紫红渐渐泛白,再变为黄,发香恬静,使人闻之意适。另一种蔓生于山野间的,花蕾全白,开足时才变作黄色。花落之后,结实如小黑豆,可以播种。

我家还有盆栽的金银花老干五六本,都作悬崖形,这几天也正满开着花,迎风送香。前年《人民画报》刊布过我的几幅盆景彩色照片中,就有一盆是悬崖形的金银花。

## 木槿与槿篱

木槿花朝开暮落,只有一天的寿命。所以《本草纲目》中的"日及""朝开暮落花",都是它的别名。还有《诗经》中的"有女同车,颜如舜华","舜华"非别,也就是木槿。

木槿是落叶灌木,高达七八尺至一丈外。枝条柔韧,不易折断;内皮多纤维,可作造纸之用。叶互生作卵形,很像桑叶而较小,尖端有丫齿。入夏开花不绝,有单瓣,有复瓣,分红、白、浅紫、粉红诸色,鲜艳可喜。繁殖的方法,只需于梅雨期间,将粗枝截断,每段尺许,插在肥土中,经常浇水,成活率很高。不过第二年分株移植时,根上必须带泥,如果泥垛散落,那就不容易活了。

木槿可以编篱,湖南、湖北一带,盛行槿篱,也就是扦插而成。苏州农村中,也以槿篱作宅基和场地的围墙,年深月久,枝条纠结得非常紧密,任是猫狗也钻不进去,效果是特别大的。槿篱之作,古代早就有了,唐五代时,曾见之于孙光宪词,有"茅舍槿篱溪曲,鸡犬自南自北"之句。他如宋、元、明人诗中,也有"夹路疏篱锦作堆,朝开暮落复朝开"等句,可见槿篱的历史是很悠久的了。我以为现在各地城市绿化,到处少不了绿篱,大可利用红色复瓣的木槿来编制。入夏红花绿叶,相映成趣,那么真所谓"夹路疏篱锦作堆"了。

木槿有姊妹花,花叶枝条和性能都很相像,也一样地朝开暮落,倒像是孪生似的。它的花以红色为主,比木槿更为娇艳,花形也比木槿更为美观,名叫"扶桑"。李时珍说:东海日出处有扶桑树,此花光艳照目,其叶似桑,因以比之,后人讹为"佛桑",乃木槿别种。花有红、黄、白三色,红者尤贵,呼为朱槿。唐代李商隐诗,称它"才飞建章火,又落赤城霞";宋代蔡襄诗,说它"野人家家焰,烧红有扶桑",足见它的红艳,是与众不同的。

## 合欢花放合家欢

花中有合欢,看了这名称,就觉得欢喜,何况看到了它的花。记得三四年前,我在一家花圃中买到一株盆栽的矮合欢树,枯干长条,婀娜可喜,可是头二年却不见开花!这两年来,才年年有花,尤其是今夏,更开得欢。一个多月前,它那几根长条上的叶片中间,开出一朵朵红绒似的花。这些花开过之后,隔不多久,枝丫间又长出一簇簇的花蕾,一朵又一朵地开放,引得我们合家老小,皆大欢喜。我于朝夕欣赏之余,曾记以诗,有"枝缀纤茸红簇簇,合欢花放合家欢"之句,是抒情,也是写实。

合欢是属于豆科的乔木,原产埃塞俄比亚,后来亚洲各地,也有发现。地植高达二三丈,而枝条很柔弱,四散纷披,叶片作羽状,高下对生,每枝五六对到十多对,到了傍晚,每一片就对合起来,因此别名"夜合"。五、六月间开花,作粉红色,丝丝如红茸,有些像马铃上的红缨,因此又有"马缨花"的别名。据《植物名实图考》说:京师呼为"绒树",以其花似绒线而得名。

合欢是一种可爱的花,除观赏外,可作药用,据说把它的木皮煎膏,可以消痈肿,续筋骨,所以李时珍也有和血消肿止痛的说法。至于《本草经》所载"安五脏,和心志,令人欢乐无忧,久服轻身明目得所欲",那又是因合欢这个名称而言之过甚了。

繁殖的方法,可以取子播种。花谢结荚,荚中有子,很细小,种在肥土中,经常喷水使它湿润,便可逐渐萌芽;此外,也可在根侧分条栽种,生长更快。我那盆栽的一株,有两枝一长尺半,一长二尺,我想利用压条的方法,尝试一下,如果成功,那么明年今日,一株就可变作三株了。

## 初放玉簪花

我于花原是无所不爱的,只因近年来偏爱了盆景,未免忽视了盆花,因此我家园子东墙脚下的两盆玉簪,也就受到冷遇,我几乎连正眼儿也不看它一看。说也奇怪,前几天清早正在东墙边察看石桌上新翻种的几个"六月雪"小盆景时,瞥见桌下有一簇莹白如玉的花朵,在晓风中微微颤动,原来墙脚边那两盆玉簪,却有一盆意外地开了一枝花。我急忙蹲下去细看时,见一枝上共有六朵花,一朵已萎,一朵刚开,闻到一阵淡淡的清香,不觉喜出望外。于是每天早上总要去观赏一下,流连一会,正如元代画家赵雍诗中所谓"淡然相对玉簪香"了。

玉簪花属百合科,是多年生的宿根草本,它有白鹤仙、季女、内消花、问道花等几个别名,而以玉簪象形为最妙。

玉簪丛生，农历二月间抽芽，高达一尺余，柔茎圆叶，大如手掌，叶端是尖尖的，从中心的叶脉上分出整齐的支脉来。到了六、七月里，就有圆茎从叶片中间抽出，茎上更有细叶，中生玉一般洁白的花朵，少则五六朵，多则十余朵，每朵长二三寸，开放时花头微绽，六瓣连在一起，中心吐出淡黄色的花蕊，四周共有细须七根，头中一根特长。香淡而清，并不散发，必须近嗅，花瓣朝放夜合，第二天就萎了。所结的子，好像豌豆模样，生时作青色，熟后变作黑色，可以播种。另有一种紫色的叫做紫鹤花，花形较小，并且没有香气，比了玉簪，未免相形见绌。

玉簪可作药用，据李时珍说，把它的根捣汁服，解一切毒，下骨髓，涂痈肿。

# 仙客来

在郭沫若同志的《百花齐放》集中,一见了"仙客来"这个花名,就像看到了一位阔别已久的老朋友的名字,引起了我的回忆。记得三十余年前我在上海工作时,江湾小观园新到一种西方来的好花,花色鲜艳,花形活像兔子的耳朵。当时给它起了个仙客来的名字,一则和它的学名译音相近,二则它的花形像兔子,而我国神话有月宫仙兔之说,那么对它尊为仙客也未为不可。

仙客来属樱草科,原产波斯,是多年生的球根草本,球茎多作扁圆形,顶上抽叶,形如心脏,绿色中略带红褐色,叶厚而光滑,背面有毛。在冬春之间,一片片的叶子从花茎中抽出来,顶上就开了花。花只四瓣,有红、白、黑紫、玫瑰紫诸色,花瓣上卷,花心下向,活生生地像是兔耳。另有一种所谓欧洲仙客来,却是在夏秋之间开花的,花作鲜红色,妙在有香,比普通的仙客来更胜一筹。

仙客来是热带产物,怕冷,所以要在温室中培植。繁殖的方法,可于秋后采子,播在肥土或黄沙中,深度在二分左右。播种后浇足了水,等它稍稍干燥时再浇一些,以滋润为度。到了九月里,子已发芽,不过只抽一叶,至于开花之期,那更遥远得很,急躁的朋友是要等得不耐烦的。如果要想早见花,还是在立秋后用宿球根种在肥土里,放在通风而阳光照射不到的地方,浇一些清水,等它叶芽抽出,渐抽渐长,才可移放到阳光下去,那就要多浇些水,以免干燥。大约在九月下旬就须施肥,并须经常放在温室中,以免霜打。十一月里,花朵儿就开放起来。春节前后,花就结子了,一到夏季,它停止了发育,叶片也都枯死。从此不必多用水浇,只需将盆子放在地面上,使它吸收地气,一方面仍须遮以芦帘,以避阳光,让它充分休息几个月,到了秋风送爽的时候,这才是它重行活跃的季节。

## 能把柔枝独拒霜

在江南十月飞霜的时节,木叶摇落,百花凋零,各地气象报告中常说:明晨有严霜,农作业须防霜冻;然而有两种花,却偏偏不怕霜冻。一种是傲霜的菊花,所以古人诗中曾有"菊残犹有傲霜枝"之句。还有一种就是拒霜的芙蓉,所以古人诗中也有"能把柔枝独拒霜"之句;而芙蓉的别名,也就叫做"拒霜花"。

芙蓉是一种落叶灌木,又称木芙蓉,茎高五六尺以至一丈。入秋,梢头抽出花蕾,初冬开放,有单瓣、复瓣之别。花色有红,有白,有桃红,据说也有黄色的,却很少见。最名贵的,是醉芙蓉,一日之间三变其色,早上作白色,午刻泛作浅红,傍晚转为深红,因此又称"三醉芙蓉"。吾园梅屋下的荷花池边,全是种的三醉芙蓉,虽受严霜侵袭,却仍鲜妍如故,称它为拒霜花,确是当之无愧。

芙蓉性喜近水，种在池旁溪边，最为适宜。花开时水影花光，互相掩映，自觉潇洒有致，因有照水芙蓉之称。古代诗人每咏芙蓉，往往和水相配合，如"艳质偏临水，幽姿独拒霜""袅袅芙蓉风，池光弄花影""芙蓉发靓妆，艳绝秋江边""半临秋水照新妆，淡静丰神冷艳裳""江边谁种木芙蓉，寂寞芳姿照水红"等，全是说着那些种在水边的芙蓉花。

四川成都，别名锦城，相传蜀后主孟昶，在成都城上遍种芙蓉，每年深秋，四十里花团锦簇，因此名为锦城，不知现在的成都城上，是不是还种着芙蓉？倘有机会，很想去观赏一下。

芙蓉繁殖很容易，可用扦插和分株两法，入冬在土壤上用牛马粪或人粪尿施肥，向阳埋下枝条，明春再行扦插，没有不活的。芙蓉的叶和花，都可治病，据李时珍说：气平而不寒不热，清肺凉血，散热解毒，治一切大小痈疽、肿毒恶疮，可以消肿排脓止痛。它的干皮柔软而有韧性，可纺线或编作蓑衣，自有它一定的经济价值。

## 扬芬吐馥白兰花

从小女儿的衣襟上闻到了一阵阵的白兰花香,引起了我一个甜津津的回忆。那时是一九五九年的初夏,我访问了珠江畔的一颗明珠——广州市。在所住友谊宾馆附近的农林路上,瞧见两旁种着的行道树,都是白兰花,不觉欢喜赞叹。后来又在中山纪念堂前,看到两株二人合抱的老干白兰花树,更诧为见所未见。可惜我来得太早了,树上虽已缀满了花蕾,但还没有开放。料想到了盛开的时候,千百朵好花吐馥扬芬,这儿真成为一片香世界哩。

白兰花是南国之花,所以广东、广西、福建、云南等地,都是它的家乡。它最初的出生之地,据说是在马来半岛一带,经过引种培育,它的子子孙孙就分布到我国来了。南方四时皆春,尽可作为地植,且易于长成大树,绿叶扶疏,终年不凋。不像苏沪一带,只能种在盆子里,娇生惯养,见不得冰霜,入冬就得躲在温室里,不敢露面了。

白兰花是一种属于木兰科的常绿亚乔木,木质又细又松,表皮作白色。叶大如掌,作椭圆形,长达五六寸。到了五、六月里,叶腋间就抽出花蕾,嫩绿色的苞有如一只只翡翠簪头,玲珑可爱。到得花蕾长大,苞就脱落而开出洁白的花朵来了。每一朵花约有十一二瓣,瓣狭长,作披针形,长一寸左右。花心作绿色,散发出兰蕙一般的芳香,还比较地浓一些。但还有比这香得更浓的,那就是白兰花的姊妹行——黄兰花。它穿着一身鹅黄色的衫子,打扮得很漂亮,和白兰合在一起,自觉得别有风韵。黄兰的树干和叶形、花形,跟白兰没有什么分别。可是种子不多,分布面不广,物以稀为贵,就抬高了它的身价。

苏州虎丘山的花农,很早就在培植白兰花了。它们跟玳玳、茉莉、珠兰等共同生活,成为形影不离的好朋友。这些花都是怕寒的,入冬同处温室,真是意气相投。过去在白兰花怒放的季节,花农们除了把大部分卖给茶叶店作窨茶之用外,小部分总是叫女孩子们盛在竹篮里入市叫卖。那时的卖花女,都过着艰苦的生活,借白兰花来博取一些蝇头之利,那卖花声中是含着眼泪的。近年来花农们在党的领导之下,组织了虎丘公社,生活大大改善了。白兰花和其他香花的产量突飞猛进,不仅用来窨茶,并且大量炼成香精、香油,连白兰叶也可提炼,给轻工业和医药上提供了不少必要的原料。

## 秋兰送满一堂香

八月中旬,正是我家那几盆建兰的全盛时期,每一盆中,开放了十多茎以至二十多茎芬芳馥郁的好花,陈列在爱莲堂长窗外的廊下,香满了一廊,也香满了一堂,因了好风的吹送,竟又香满了一庭。

建兰产于福建,因名建兰。农历六、七月间开花,花心作紫红色的,是普通种;花心作白色的,称为素心,比较名贵。每一茎着花六七朵或八九朵,而龙岩素心兰每茎竟有着花十七八朵的,因有"十八学士"的名称,那是建兰中的魁首了。建兰叶阔而长,纷披四散,好像一条条的绿罗带。

凡是兰蕙,都在春天开花,只有建兰开花于夏秋之交,古人诗文中的所谓秋兰,大概就是指建兰吧?例如屈原《离骚》中的"纫秋兰以为佩",《九歌》中的"秋兰兮蘪

芜,罗生兮堂下,绿叶兮素枝,芳菲菲兮袭予"。又如汉代张衡的《怨篇》:

猗猗秋兰,植彼中阿。
有馥其芳,有黄其葩。
虽曰幽深,厥美弥嘉。
之子云远,我劳如何?

此外,唐、宋、元、明的诗人词客,也有不少咏及秋兰的。至于专以建兰为题的,我却只见明代大书画家文徵明的一首律诗,有"灵根珍重自瓯东,绀碧吹香玉两丛。和露纫为湘水佩,临风如到蕊珠宫"等句,然而对于建兰的产地和开花的时期等,还是说得不够明确。

建兰的好处,就是伺候比较容易,不像春兰那么娇贵:单单看它一两朵花,却要费却不少的人力物力,真像千金买笑一样。每一盆建兰,如果培养得当,自夏入秋,可以陆续开花,多至二三十茎,香生不断,使人饱享鼻福,而看着花花叶叶,眼福也正不浅。别有一种叶较短而花较小,花心作白色的,叫做秋素,开花较迟,恰好给建兰接班,每茎开花六七朵,娇小玲珑,可以比作《桃花扇》里诨号"香扇坠"的李香君。

据说建兰的根是肥而甜的,因此引起了蚁的觊觎,成群结队而来,在根部的土壤中开辟殖民地,根就大受其害,甚至奄奄欲绝。要防止这个可恶的侵略者,必须在盆底垫上一个大水盘,使蚁群望洋兴叹,没法飞渡,那么虽欲染指而不可得了。

# 清芬六出水栀子

"清芬六出水栀子",这是宋代陆放翁咏栀子花的诗句,因为栀子六瓣,而又可以养在水中的。栀与"卮"通,卮是酒器,只因花形像卮之故,古时称为卮子,现在却统称栀子了。栀子有木丹、越桃、鲜支等别名;宋代谢灵运称之为林兰,其所作《山居赋》中,曾有"林兰近雪而扬猗"之句,据说是一种花叶较大的栀子。佛经中又称之为薝卜,相传它的种子是从天竺来的,明代陈淳句云:"薝卜含妙香,来自天竺国。"因它来自佛地,与佛有缘,所以有人称它为禅客,为禅友,如宋代王十朋诗云:

禅友何时到,远从毗舍园。

妙香通鼻观,应悟佛根源。

栀子以盆植为多,高不过一二尺,而山栀子长在山野中的,可高至七八尺。叶片很厚,色作深绿而有光泽,形如兔子的耳朵。六月开花,初白后黄,花都是六瓣,有复瓣有单瓣,山栀子就是单瓣的,花香浓郁,却还可爱。古人甚至歌颂它可以代替焚香的,如宋代蒋梅边诗云:

清净法身如雪莹,肯来林下现孤芳。
对花六月无炎暑,省爇铜匜几炷香。

我在对日抗战以前,曾从山中觅得老干的山栀,硕大无朋,苍古可喜,入夏着花累累,一白如雪。苏州沦陷后,我避寇他乡,万念俱灰,借重佛经来安慰自己,想起了这一株老干的山栀,咏之以诗,曾有"堪怜劫里耽禅定,入梦犹闻蓍卜香"之句。到得胜利后回到故园,却已枯死,为之惋惜不止!去年在农历四月十四日所谓吕纯阳生辰的花市中,买得小型的山栀两株,都是老干,一作欹斜态,一作悬崖形,苦心培养了一年,今夏已先后着花,单瓣六出,瓣瓣整齐,好像是图案画一样。今夏又从花市中买得干粗如酒杯的复瓣栀子两株,姿态一正一斜,合种在一只紫砂的椭圆形浅盆中,加以剪裁与扎缚,楚楚有致;自端阳节起,陆续开花,花瓣重重,花形特大,大概就是谢灵运所称的林兰了。

栀子花总是白色的,而古代却有红色的栀子花,并且在深秋开放,的是异种。据古籍中载称:"蜀王孟昶,十月宴芳林园,赏红栀子花;其花六出而红,清香如梅。"蜀主很爱重它,或令图写于团扇,或绣在衣服上,或用绢素鹅毛仿制首饰。花落结实,用以染素,成赭红色,妍丽异常。可是自蜀以后,就不听得有红栀子花了。

栀子入诗,齐梁即已有之,其后如宋代女诗词家朱淑真诗云:

一根曾寄小峰峦,蔷卜香清水影寒。
玉质自然无暑意,更宜移就月中看。

明代大画家兼诗人沈石田诗云:

雪魄冰花凉气清,曲阑深处艳精神。
一钩新月风牵影,暗送娇香入画庭。

词如宋代吴文英《清平乐》咏栀子画扇云:

柔柯剪翠,胡蝶双飞起。谁堕玉钿花径里,香带薰风临水。

露红滴下秋枝,金泥不染禅衣。结得同心成了,任教春去多时。

又清代陈其年《二十字令》咏团扇上栀子花云:

纨扇上,谁添栀子花?搓酥滴粉做成他。凝禅纱,夭斜。

栀子花在近代被人贱视,以为是花中下品;而这些诗词,却是足以抬高它的身价的。

上海有一位被称为"活吕布"的昆剧专家徐凌云先生,他也是培养水栀子的专家。十余年前,我曾见他用四五十只各色各样的瓷碗、瓷盘,满盛清水,养着四五十株从杭州山中觅来的山栀子,浓绿的叶片和雪白的根须,相为妩媚;据说也可以使它们开花,大概需要施用一种特殊的肥料了。

## 一枝珍重见昙花

任何物象，在一霎时间消逝的，文人笔下往往譬之为昙花一现。这些年来，我在苏州园圃里所见到的昙花，是一种像仙人掌模样的植物，就从这手掌般的带刺的茎上开出花来，开花的季节，是在农历六、七月间，开花的时期，是在晚上七、八时间。花作白色，状如喇叭，发出浓烈的香气；花愈开愈大，香气也愈发愈浓，从七、八时开起，到明晨二、三时才萎缩，花却并不掉落。它产在热带地区，所以入冬怕冷，非在温室中过冬不可。吾园也有盆栽昙花好多株，内一株高四尺许，去夏先后开了九朵花，花白如雪，香满一堂，可是去冬严寒，它和其余的几株全都冻死了。

我对于这一种昙花，始终怀疑着，以为它是属于仙人掌一类的多肉植物，并非昙花；因为我另有一大盆仙人球，去夏也开了一朵花，花形、花色、花香以及开放的时期，竟和所谓昙花一模一样。记得二十余年前,我在上海新新公司见过几株昙花,似乎是作浅灰色的,由开放到萎缩,不过二十分钟,这才与昙花一现之说,较为接近;而现在所见的却能延长到七八小时之久,怎能说是昙花一现呢?

昙花一现之说,源出佛经,《法华经》云:"佛告舍利弗,如是妙法,如优昙钵华,时一现耳。"优昙钵华亦称优昙花,据说是属于无花果类,喜马拉雅山麓和德干高原锡兰等处都有出产,树身高达丈余,叶尖,长四五寸,叶有两种,有的粗糙,有的平滑。花隐蔽在凹陷的花托中,雌花与雄花不同,花托大如拳,或如拇指,十余指聚在一起。至于花作何色,有无香气,却未见记载。又据夏旦《药圃同春》载:"昙花,色红,子堪串珠,微香。"看了这些记载,就足见我们现在所见的昙花,是仙人掌花而不是昙花了。

《群芳谱》中虽罗列着万紫千红,而于昙花却不着一字;古人的诗文中,我也没有见过歌咏或描写昙花的,偶于清初钱尚濠《买愁集》中见有一则:

> 吉水东山修禅师,讲义精邃,一日有逖秀才来谒,玄谈霏娓,题咏轩轾,盖山猿听讲,日久得悟者也。

下有逊秀才诗十首,中《赠僧》一首云:

> 一瓶一钵一袈裟,几卷楞严到处家。
> 坐稳蒲团忘出定,满身香雪坠昙华。

这所谓"昙华",分明与梅花相似,而不是现在所见的昙花了。叶誉虎前辈《遐庵诗集》中,有《赵叔雍家昙花开以一枝见赠》云:

> 黄泉碧落人何在,玉宇琼楼梦已遐。
> 谁分画帘微雨际,一枝珍重见昙花。

又《昙花再开感赋》云:

> 刹那几度见开残,光景旋销足咏叹。
> 谁信春回容汝惜,一生醒眼过邯郸。

这两首诗中所咏的昙花,不知又作何状?

# 盆栽盆景一席谈

这些年来,不知以何因缘,我家的花草树木,居然引起了广大群众的注意,一年四季,来客络绎不绝,识与不识,闻风而来,甚至有十二个国家的国际友人也先后光临,真使我既觉得荣幸,也觉得惭愧!

一般人对于种在盆子里的花草树木,统称为盆景;其实是有分别的。凡是普通的花草树木,随便地种在盆子里的,例如菊、月季、杜鹃等等,只能称为盆植。如果是盆栽,那就要树干苍老,枝条经过整理,形成了美的姿态,方才合格。至于盆景,那么除了将树木作为主体外,还要配以拳石或石笋,和广东石湾制的屋、亭、桥、船、塔与人物等等,作为点缀,大小比例都要正确,布置得好像一幅画一样。此外,还有一种,就是水石,以石为主体,或横峰,或竖峰,用水盘盛了水来供着,也要点缀几件石湾制的小玩意,如能种些小树在适当的地方,那就更好了。我家的园子里和屋子里,便经常陈列着盆植、盆栽、盆景和水石,供人观赏,仿佛一年到头地在开展览会。

我家的盆栽,有好多株是一二百年的老干和枯干的花木,如一株单瓣白梅、二株柏树、二株榆树,有的枯干长满苔藓,有的干已中空,成了一个大窟窿,来客们见了都啧啧称怪,以为像这样一二百年的老树,怎么能在盆子里活着呢。至于数十年和一二十年的,那是太多了,中如一株会结桃子的桃树、二株满开小白花的李树、二株垂丝海棠、一株紫藤、一株红薇、二株紫薇、一株蜡梅、二株鸟不宿、一株银杏、一株罗汉松、三株三角枫、一株石榴、一株四季桂,都是比较名贵而为我所喜爱的。还有树干不易粗壮而树龄已在一百年以上的,如一株枝叶纷披、结子累累的枸杞,曾参加上海菊展,并且已由科学教育电影制片厂用彩色片收入了镜头。又如一株名叫"雪塔"的山茶,开花时一白如雪。还有一株三干展开的紫杜鹃,这是清代相国潘祖荫家的故物,年来每逢暮春时节,开满了上千朵的花,如火如荼,鲜艳夺目,朋友们见了,都欢喜赞叹不置。盆梅中也有不少树龄已达数十年的,如一株半悬崖形的玉蝶梅、一株开花最迟的送春梅、二株老干屈曲的朱砂梅、一株干粗如壮夫双臂的大绿梅、一株干已半枯而欹斜作势的单瓣白梅。而最最名贵的,是苏州已故名画家顾鹤逸先生手植的一株树龄一百余年枯干虬枝的绿萼梅。这许多老干枯干的盆树,都是树木中的"古董";我把多种多样的旧陶盆栽种着,古色古香,自然脱俗。它是我家的至宝,也是一切盆栽中的至宝;我希望它们老当益壮,一年年地活下去。

我对于盆景,也有特别的爱好,恨不得每天都有一种新作品,因为这与画家作画一样,可以表现自己的艺术性的。我的盆景,一方面是自出心裁的创作,一方面是取法乎上,仿照古人的名画来做。先后做成的,有明代唐伯虎的《蕉石图》、沈石田的《鹤听琴图》、夏仲昭的《竹趣图》和《半窗晴翠图》、清代王烟客的《新蒲寿石图》等,这与国画家临摹古画同一意味,而是我所独创的。仿照近人名画来做的,有张大千的《松岩高士图》,因为这是一个小型的盆景,岩石不大,那一前一后两株悬崖形的松,是用草类中的松形半支莲来替代的。自己创作的,有"听松图""梅月图""紫竹林""竹林七贤""枯木竹石""田家小景""孤山放鹤图""枫林雅集图""归樵图""散牧图""陶渊明松菊犹存"等,这些盆景,除了把各种树与竹作为主体外,再配以广东石湾与佛山制的陶质人物与亭、台、楼、阁、塔、船、桥梁、茅屋等小玩意,大小比例必须正确,才能算是盆景中的上品。水石有仿宋代大画家范宽的《长江万里图》一角、元代大画家倪云林的《江岸望山图》,自己创作的有"桃花源""观瀑图""香雪海""独秀峰""赤壁夜游图""欸乃归舟图""严子陵钓台""雁荡大龙湫"等,全用白端石、玛瑙石和矾石、紫砂、白瓷等水盘来装置,并且也与盆景一样,适当地配以小树和石湾制的陶质人物、茅亭、船只、屋宇等等,瞧上去便更觉生动。这一批水石盆供,曾一度展出于拙政园,取毛主席《沁园春》名句"江山如此多娇"作为总题,曾博得观众不少的好评。

## 鸟不宿

正在百卉凋零的季节,我家廊下,却有异军突起,那就是一大株盆栽的鸟不宿。

这株鸟不宿原为苏州老园艺家徐明云先生手植,在我家已有二十余年。它的树龄,足足在百岁以上,根部中空,更见苍老。枝条屈曲粗壮,分作三大片。种在一只白釉的明代大圆盆中,碧绿的叶,朱红的子,雪白的干和枝条互相映衬,绮丽夺目,可以算得盆树中的尤物。

鸟不宿的名称很别致,只为它那光泽的方形叶片,上下共有五角,每角都有尖刺,致使飞鸟不敢投宿其间,因此得名。可是鸟虽不宿,而偏喜啄食红子,尤其是白头翁,把它们当作佳肴美点,经常要来一快朵颐,即使被那叶上的尖刺刺伤了嘴和眼,也在所不顾。

鸟不宿一名"十大功劳",是属于木犀科的一种常绿乔木，产于山地，山民又称为"枸骨"。据明代李时珍说，枸骨树如女贞，肌理很白，叶长二三寸，青翠而厚硬，有五刺角，四时不凋。五月开细白花，结实如女贞。九月熟时作绯红色，皮薄味甘，核有四瓣，人采其木皮煎膏，可黏鸟雀，称为黏稠。但他并未说明它和鸟不宿、十大功劳同为一物，不知何故？又据《本草》说，枸骨又名猫儿刺，因为它肌白好似狗骨，叶有五刺，其形如猫。那么猫儿刺又是鸟不宿的别名了。

## 含笑看"含笑"

农历五月正是含笑花盛放的季节,天天开出许多小白莲似的花朵儿来,似乎含笑向人;一面还散发出香蕉味、酥瓜味的香气,逗人喜爱。

广东南海是含笑花的产地,因它开放时并不满开,好像微微含着笑,才得此名。含笑属木兰科,常绿木本,可以盆栽,也可以地植。如果植在向阳的暖地,高达一二丈,叶互生,作椭圆形,有光泽,很像小型的白兰花叶。花单生,一花六瓣,卵形,初开作白色,后渐泛为黄色。花有大小两种,也有白紫两色,而紫色的绝少,宋代陆游曾有"日长无奈清愁处,醉里来寻紫笑香"之句。苏州、上海一带,从没有见过紫含笑;大概要寻紫含笑,非到五羊城去不可。

关于含笑花的艺文,始于宋代,李纲曾有《含笑花赋》,而明代王佐的一诗"尧草原能指佞臣,逢花休问笑何人。君看青史千年笑,奚止山花笑一春",借题发挥,足供吟味。

含笑花因为产在南方热地,生性怕冷,所以地植必须向阳,盆栽入冬必须移入温室。它的木质很坚,而根部却多肉根,所以栽在盆子里,应该用较松的砂土或腐植土,施肥可用人粪尿,但是不可太浓,以免伤根。如果培养得法,那么花开不绝,甚至四季都有,但以初夏为最盛。繁殖的方法,可将新条扦插,生长较慢,倘欲速成,还是用辛夷作砧木,从事嫁接,一二年后,也就楚楚可观了。

我于花木如韩信将兵,多多益善,而含笑却只有一株。可是在我家已有二十余年的历史,干粗如小儿臂,部分已脱皮露骨,五根突起,略如龙爪,作为盆景是够格的了。我把它栽在一只六角形的红砂盆中,作欹斜形,整理它的枝条,使其美化。

# 装点严冬一品红

一品红是什么？原来就是冬至节边煊赫一时的象牙红。它有一个别名，叫做猩猩木，属大戟科；虽名为木，其实是多年生的草本，茎梢是草质，不过近根的部分是木质化的。它的产地是北美的墨西哥，不知什么时候输入我国，现则到处都在栽种了。

一品红的叶片，绿得像翡翠一样，模样儿好像梭子，又像箭镞，叶面上有很细的茸毛，又络着红丝，很为别致。到了初冬，顶叶就从翠绿色转变为黄，也有变作浅红或深红的，因种类不同，转变的色彩也各异，而以深红的一种为最美，简直像朱砂那么鲜艳。一般人以为这就是花，其实是叶，也正像雁来红的顶叶一样，往往会被人认作花瓣的。顶叶的中心有一簇鹅黄色的花蕊，一个个像小型的杯子，这是给蜂蝶作授粉之用的。

今春，我曾在北京中山公园唐花坞中，看到顶叶浅红色的一品红，茎秆很矮，比长秆的好。时在三月，并不是顶叶变色的时期，原来也是用催延花期的方法把它延迟的。听说青岛有一种顶叶作白色的，自是此中异种，可是与一品红的名称未免不符了。

一品红的繁殖，都用扦插的方法，到了清明节后，把老本上的茎秆剪为若干段，剪断处流出乳状的白汁，须等它干了之后，才一段段斜插在田泥和糠灰的盆里，随时灌水，力求湿润，过了一个多月，就会生出根须来。这时便可分枝翻盆，一盆一株。到了夏季大伏天里，应将每枝剪短，剪下来的新枝，再行扦插，愈插愈多；这时也必须经常灌溉，不可怠忽。农历九月中，开始施肥，先淡后浓，一个月后须施浓肥，一面就得把盆子移到温室里去培养。入冬以后，切忌受寒，非保持华氏五六十度的温度不可。记得去冬曾有两大盆，每盆五六枝，猩红的顶叶与翠绿的脚叶，相映成趣；不料突然来了个冷汛，仅仅在一夜之间，叶片全都萎了，第二天任是喷水曝日，再也挺不起来。这个一品红竟好像是千金小姐养成的一品夫人，实在是不容易伺候的。

## 苏州盆景一席谈

三尺宣州白狭盆。吴人偏不把,种兰荪。钗松拳石叠成村。茶烟里,浑似冷云昏。

丘壑望中存。依然溪曲折,护柴门。秋霖长为洗苔痕。丹青叟,见也定销魂。

这是清代词人龚翔麟咏苏州盆景的一阕《小重山》词,他说的是把一枝小松种在一只狭长的宣石盆中,配以拳石,富有画意,成为一个上好的盆景,因此老画师也一见销魂了。

盆景是什么?盆景的构成,是将老干或枯干的花树、果树、常绿树、落叶树等一株或二株种在盆子里,抑制它们的发育,不使长得太高太野;一面用人工整修它们的姿态,力求美化,好像把山野间的树木缩小了放在盆里一样。其实盆景大部分也就是利用这种野生的树木作为材料，由于艺术加工而制成的。原来那山野、岩谷间所生长的松、柏、榆、枫、雀梅、米叶冬青等，经过数十年或数百年之久，枯干虬枝，形成了苍老的姿态，只因一年年常经樵夫砍伐，高度只有一二尺左右。这种矮小而苍老的树木，俗称树桩或老桩头，如果掘来上盆，加以整理，一面修剪，一面扎缚，就可成为一个上品的盆景。要是单独的一株，那么可以依树身原来的形态，种在深的或浅的方形、圆形以及其他长方形、椭圆形、六角形等陶、瓷或石盆中，树下树旁可适当地安放一二块拳石或石笋。例如一株悬崖形的树木，种在方形或圆形的深盆里，根旁倘有余地，可以插上一根石笋。欹斜形的树木，种在长方形的浅盆中，不论一株、二株，倘觉树下余地太大，显得空虚，那就可以配上一块英石或宣石。像这样的栽种和布置，可称为简单化的盆景。

那么怎样才是复杂化的盆景呢？这就须更进一步，制作比较细致；倘以绘画作比，等于画一幅山水或一幅园林，又等于在盆子里制成一个山水或园林的模型，成为立体的实物了。农村渔庄，都可用作绝妙的题材，并可在配置的人物上，设法将劳动生产的情况表现出来。凡是山岩、坡滩、岛屿、石壁等等，都可用安徽沙积石或广东英石、苏州阳山石等作适当的布局。人如渔、樵、耕、读，物如亭、台、楼、阁、桥、船、寺、塔、水车、茆舍等等，都以广东石湾制的出品最为精致。树木一株、二株，或三五株以至七株、九株，树身不必粗大，务求形态美好，必须有高低，有远近，有疏密，并以叶片细小为必要条件，否则与全景不称。就是人与物配置的远近，也都要有一定的比例；而人与物的形体，为了要与树叶作比例，所以不宜太小，还是要选用较大的较为合适。凡是制作盆景的高手，必须胸有丘壑，腹有诗书，多看古今名画，才能制成一盆富有诗情画意的高品。如果有这么一个水平较高的盆景，供在几案上，朝夕观赏，不知不觉地把一切烦虑完全忘却，仿佛置身于大自然的怀抱里，作神游，作卧游，胸襟为之一畅。

苏州的盆景，已有很悠久的历史，可是过去传统的风格，总是把树木扎成屏风式、扭结式、顺风式和六台三托式等等，加工太多，很不自然；并且千篇一律，也显得呆板而缺少变化。后来由于盆景爱好者观赏的眼光逐渐提高，厌弃旧时那种呆板的风格，于是一般制作盆景的技工,也就推陈出新,提高了艺术水平,在加工整姿时,力求自然。凡是老干或枯干的树木,依据它们原来的形态,栽成种种不同的形式,大致可以分作五种,对于剪片、扎缚等手法,起了显著的变化。

一、直干式:主干直立,只有一本的,称为单干式;主干有二本的,称为双干式;不过双干长短不宜相等,应分高低。主干三本或五本的,称为多干式。本数以单数为宜,不宜双数。

二、悬崖式:此式俗称"挂口",有全悬崖、小悬崖、半悬崖各式。全悬崖的主干悬出盆外较长,角度较大,枝叶不在盆面,要用深盆栽种;近根处竖一石笋或瘦长的石峰,这树就好像生长在悬崖峭壁上一样。小悬崖的主干悬出盆外较短,少数枝叶布在盆面,但仍需要深盆。半悬崖的主干只有少许斜出盆外,并不向下悬挂,角度更小,大部分的枝叶都在盆面,所以栽种时可用较浅的盆子。

三、合栽式:十多株同一种类的树木,高高低低、疏疏密密地栽在一只浅而狭的长方盆中,树下配以若干块大小高低的英石或宣石,好像是一片山野间的树林,很为自然。

四、垂株式:盆树有枝条太多太长,无法整形的,可将长条一根根屈曲攀扎下来,形成垂柳的模样,这就叫做垂株式。例如迎春、柽柳、金雀、枸杞、金银花、金茉莉、紫藤花等,枝条又长又多,都可用此式处理。

五、附石式:把盆树的根株、根须附着在易于吸水的沙积石上,因吸收石块的水分而生长;或就石块的窟窿中加泥栽种,更为容易。这种附石式的盆景,既可将浅盆用土栽种,也可安放在瓷质或石质的水盆里,盛以清泉,配以小块雨花石,分外美观。

总之,盆树的形态变化很多,能够入画的,才可称为上品。枯朽的老干,中空而仍坚实,自觉老气横秋。露根的老干,突起土面,有如龙爪一样。这些树木,都是山野间老树常有的美态,在盆景中也大可增加美观。盆树的整姿定形,一定要有充分的艺术修养和灵巧的手法,我以为应该六成自然,四成加工,而这四成中又应该以修剪占二成半,扎缚占一成半,才不致因加工过度而成为矫揉造作,落入下乘。春秋佳日,要经常地出外游山玩水,从岩壑、溪滩、山野、村落以及崇山峻岭之间,可以找到不少奇树怪石,都是制作盆景的好材料,要随时随地多多留意,不可轻轻放过。平日还要经常观摩古今名画,可以作为盆景的范本，比自己没根没据想出来的高明得多。我曾经利用沈周的《鹤听琴图》、唐寅的《蕉石图》、夏昶的《竹趣图》、王烟客的《新蒲寿石图》、齐白石的《独树庵图》等，依样画葫芦似的制成了几个盆景。像这样的取法乎上，不用说是更饶画意了。

## 06

# 花木之癖忙盆景

我热爱花木，竟成了痼癖。早年在上海居住时，往往在狭小的庭心放上一二十盆花，作眼皮供养。到得"九一八"日寇进犯沈阳以后，凑了二十余年卖文所得的余蓄，买宅苏州，有了一片四亩大的园地，空气、阳光与露水都很充足，对于栽种花木很为合适，于是大张旗鼓地来搞园艺了。园地上原有多株挺大的花树、果树、常绿树、落叶树，如梅、杏、李、桃、柿、枣、樱花、樱桃、枇杷、玉兰、石榴、木犀、碧桃、紫荆、紫藤、红薇、白薇等，此外松、柏、杉、枫、槐、柳、女贞、梧桐等，也应有尽有；而最可人意的，是在一株素心蜡梅老树之下，种有一丛丛紫罗兰，好像旧主人知道我生平偏爱此花，而预先安排好了似的。我之不惜以多年心血换来的钱，出了高价买下此园，也就是为的被这些紫罗兰把我吸引住了。

以后好几年,我惨淡经营地把这园子整理得小有可观;又买下了南邻的五分地,叠石为山,掘地为池。在山上造"梅屋",在池前搭"荷轩",山上山下种了不少梅树,池里缸里种了许多荷花;又栽了好多株松、柏、竹子、鸟不宿等常绿树作为陪衬。到了梅花时节,这一带红梅、绿梅、白梅、胭脂梅、朱砂梅、送春梅一齐开放,有色有香,朋友们称为小香雪海,称为吾园中的花事最高潮。这确是一年间最可观赏的季节。此外各处,我又添种了好多种原来所没有的树,如绣球、丁香、红豆、茴香、辛夷、垂丝海棠、西府海棠和"洞庭红"橘子等。这样一来,一年四季,差不多不断有花可看、有果可吃了。

园中的花树果树,按时按节乖乖地开花结果。除了果树根上一年施肥一二次外,并不需要多大的照顾。我最大的包袱,却是那五六百盆大型中型小型最小型的盆景。一年无事为花忙,倒也罢了;可是即使有事,也得分身为它忙着:春季忙于翻盆,夏季忙于浇水,秋季忙于修剪,冬季忙于埋藏,这是指其荦荦大者;至于施肥和其他零星工作,可没有一定。像我这样的花迷花痴,没有事也得找些事出来,天天总想创作一二个盆景,以供大众欣赏,那更忙得喘不过气来了。

至于上面所说的四季的工作,也不是固定的。譬如春季翻盆,秋季冬季也可翻盆,不过我却是在春季格外忙一些,因为有几十盆大大小小的梅桩,在开过了花之后,必须一一剪去枝条,由瓷盆或紫砂细盆中翻入瓦盆培养,换上新泥,施以肥料,忙得不可开交。记得解放以前曾有过四首七绝咏其事:

> 不事公卿不辱身,翛然物外葆天真。
> 长年甘作花奴隶,先为梅花忙一春。

> 或像螭蟠或虎蹲,陆离光怪古梅根。
> 华堂经月尊彝供,返璞还真老瓦盆。

> 删却枝条随换土,瓦盆培养莫相轻。
> 残英沾袖余香在,似有依依惜别情。

> 养花辛苦有谁知,雨雨风风要护持。
> 但愿来春春意足,瑶花重见缀琼枝。

这四首诗,确是实录。此外还有别的许多盆树,倘见有不健康的模样,也须逐一翻盆,所以春季翻盆工作是够忙的了。浇水原不限于夏季,春秋以至冬季都须浇水;只因夏季赤日当空,盆土容易晒干,尤以浅盆为甚,甚至一天浇一次还嫌不够,要浇两次、三次之多。试想浇五六百盆要汲多少水?要费多少手脚?所以夏季浇水,实在是主要的工作,而也是最繁重最累人的工作。若是春秋二季,阳光较弱,不一定天天要浇;冬季更为省力,只需挑盆面发白的浇一下好了。

修剪工作以春秋二季最为相宜,我却于暮秋叶落之际,忙于修剪;或则延至来春萌芽之前动手,亦无不可,但我生性急躁,总是当年就跃跃欲试了。到了冬季,花木大都入于睡眠状态,似乎不需再忙;但是第一要着,得赶快做保卫工作,以防寒流的突然袭来。抵抗力较弱的盆树,一经冰冻,就有致命的危险。

记得一九五二年初冬,有一天寒流忽如飞将军之从天而降,单单在一夜之间,田间菜蔬全都冻坏,我也没有防到初冬会这样的寒冷,所有盆树全未埋藏,以致损失了好几十盆。中如枯干的绣球、老本的丁香,都是只此一家,并无分出的,不幸都作了惨烈的牺牲。甚至抵抗力素称强大的枸杞、迎春、石榴等等,以及生长山野中从不畏寒的山枫老干,也有好多本被寒流杀死了。

我痛定思痛,至今还愧惜着这无可弥补的损失。所以每年总是绸缪未雨,一过立冬,就忙着把较小的盆树尽先收藏到面南的小屋中去;然后将大型的盆树,连盆埋在地下,以免寒流袭来时措手不及。这一个赶做埋藏工作的时期,也是够忙的;并且我家缺少劳动力,中型小型的盆树,我自己还可亲自动手移放,而大型的盆树有重至一二百斤的,那就非请人家帮忙不可了。可是我这一年四季的忙,也不是白忙的,忙里所得的报酬,是好花时餍馋眼,嘉果常快朵颐,并且博得了近悦远来的宾客们的欣赏。

## 盆景二三事

盆景在我国大约已有一千年以上的历史。唐代大诗人、大画家王维以黄瓷斗贮兰蕙,养以绮石,可以算得上是盆景的开端。同时大文学家韩愈有《盆池》诗:

老翁真个似童儿,汲水埋盆作小池。
一夜青蛙鸣到晓,恰如方口钓鱼时。

莫道盆池作不成,藕梢初种已齐生。
从今有雨君须记,来听萧萧打叶声。

池光天影共青青,拍岸才添水数瓶。
且待夜深明月去,试看涵泳几多星。

诗中所咏及的,分明是一盆荷花,在那时也作为盆景的。宋代赵希鹄作《洞天清录》,中有"怪石辨"一则,说的是将奇石配景作为清供。大诗人苏轼曾有《双石》诗:

> 梦时良是觉时非,汲水埋盆故自痴。
> 但见玉峰横太白,便从鸟道绝峨嵋。
> 秋风与作烟云意,晓日令涵草木姿。
> 一点空明是何处,老人真欲住仇池。

这个倒像与现代的山水盆景属于同一类型的。到元代时,有高僧韫上人,善于制作盆景,巧立名目,称之为"些子景",就是小景致的意思。

盆景的名称起于明代,屠隆(赤水)作《考槃余事》,有云:

> 盆景以几案可置者为佳。最古雅者,如天目之松,高可盈尺,本大如臂,针毛短簇,结对双本者,似入松林深处,令人六月忘暑。如闽中石梅,乃天生奇质,从石本发枝,且自露其根。如水竹,亦产闽中,高

五六寸许,极则盈尺,细叶萧疏可人;盆植数竿,便生渭川之想。此三友者,盆景之高品也。

这和我们现在所作的松、竹、梅盆景,一般无二,不过我们不一定用天目松和闽中的石梅、水竹罢了。清代康熙年间,西湖花隐翁陈淏子作《花镜》一书,中有"种盆取景法"一节,也就是说的盆景。略云:

> 近日吴下出一种,仿云林山树画意,用长大白石盆,或紫砂宜兴盆,将最小柏、桧或枫、榆、六月雪,或虎刺、黄杨、梅桩等,择取十余株,细视其体态参差高下,倚山靠石而栽之。或用昆山白石,或用广东英石,随意叠成山林佳景,置数盆于高轩书室之前,诚雅人清供也。

这说明那时苏州一带,已有高手仿照倪云林画意制作盆景了。

盆景的历史虽很悠久,然而过去只是供官僚地主富商巨贾以及所谓士大夫阶级,作为附庸风雅的点缀品,单单供少数人观赏,并没有多大意义。直到解放以后,才面向广大群众,作为丰富文化生活的一种工具。人们在各种生产战线上劳动了一天之后,借此调剂精神,怡情悦性。现在,全国各地的业余盆景爱好者,队伍已一天天扩大起来,而他们的作品也已达到了一定的艺术水平,为将来盆景事业的发展,打下了良好的基础。

盆景可分作二类:一类是简单化的盆景;一类是复杂化的盆景。所谓复杂化,就是把一二株或多株的树木,仿照绘画的手法来布局,盆子宜浅不宜深,以长方形或椭圆形的宜兴陶盆为宜,倘能控制水分,那么瓷质或石质的浅盆也可应用。盆面上除了以树木作为主体外,再配以大小高低不等的石块和各种陶质的屋宇人物等等,构成一个生动的画面。树木必须选取小叶的榆、雀梅、米叶冬青、瓜子黄杨等,较为合适。布置一株二株,易于着手,如果是多株而要作为树林的,那么树干必须有直有斜,还必须分出高低、远近、疏密,使它们参差不齐。树下铺以细青苔,并在石隙种一些细叶菖蒲和小草;而配置的东西,也必须与树干、树叶作比例,不宜太小。如能面面顾到,得心应手,那就成为一个富有诗情画意的好盆景。清代

词人李符,曾有《小重山》咏盆景云:

> 红架方瓷花镂边。绿松刚半尺,数株攒,副云根取石如拳。沈泥上,点缀郭熙山。
>
> 移近小阑干。剪苔铺翠晕,护霜寒。莲筒喷雨算飞泉。添香霭,借与玉炉烟。

所谓"点缀郭熙山",也就是制作复杂化盆景的最高准则。

简单化盆景中盆树的整姿,各地有各地的传统风格,至今仍可看到。例如苏州、常熟等地有屏风式、顺风式、六台三托式等,扬州有花篮式、单疙瘩、双疙瘩式、单如意、双如意式等,安徽、四川等地有蚓曲式、蛇游式等,南通、如皋等地有滚龙式、三曲式、前俯后仰式等,五花八门,光怪陆离。这些形式,有些加工过度,未免矫揉造作,自然界中,绝不会有这样不自然的树木的。因此,建议各地除了保存一部分已成定型无法改造的老树盆景外,凡是可以改造的,不妨加以改造;而新的作品,就应该以接近自然为新的风格。盆树的加工,虽有必要,其比重也只可占十成中的四成;这四成中还须以修剪占二成半,扎缚占一成半，而六成是听其自然，那么，人力物力也可节省不少。现在全国工农业生产战线上都在提倡技术革新，我们做盆景的，也该打破成规，革新一下了。

# 盆盎纷陈些子景

盆盎纷陈些子景,裁红剪绿出新栽。
一花一木都如画,装点河山好取材。

这是我最近为赞美盆景而作的一首诗。所谓"些子景",是元代高僧韫上人对于盆景的别称,"些子"就是一些些,形容它的小,因此"些子景"三字,正像我们口头上说惯的"小景致"。

这些年来,我那几百个大大小小的盆景,曾吸引了国内外不少贵宾前来观赏,以为把那些二三十年以至一二百年的老干、枯干的树木,压缩在小小盆子里,居然欣欣向荣,是一个不可思议的奇迹,因此大加称许,真使我且感且愧!叶剑英同志年来曾三次光降苏州,也三次光降小园,在我那本《嘉宾题名录》上题了两句诗:"三到苏州三拜访,周园盆景更新妍。"他是个诗人,也爱好花木,似乎欣赏我那些平凡的盆景,才下了"更新妍"三字的评语。后来我就用他的"妍"字韵来赋诗答谢:

元戎三度降云䡾,花笑鸟歌大有年。
不是寒家盆景好,江南风物本清妍。

可不是吗? 江南一带的风物本来是美丽的,而我们苏州水秀山明,更是得天独厚,到处见得绿油油、红喷喷,长满着奇花异草、嘉树美果,这些都是制作盆景的大好材料。所以如果说我的盆景尚有可取,那是要归功于江南大自然的赐予的。

一个盆景的构成,主要是依靠那株老干或枯干的树木,有观花的,有观叶的,而以老气横秋为必要条件。这种老树桩长期在山中扎根,樵夫们年年砍伐枝条,树身就一年年粗大起来。由于经受了风霜雨雪的侵袭和虫蚁的蛀蚀,于是满身百孔千疮,形成了老树桩。给盆景的作手发现了,就小心翼翼地把它们连根挖起,如获至宝。如果觅到了一个称心如意的老树桩,认为千好万好,那真好像夺得了什么锦标一样地高兴。

挖到树桩后,先得整理枝条和根株,把不必要的部分剪去锯去,大型的暂时种在地上,中小型的就种在泥盆子里,随时喷水,促使它们发芽抽叶。过了几个月,枝叶渐渐茁壮,显得很有生命力的样子,经过一冬一夏,就再也不怕风吹日晒了。然后把它们分头移植在精细古雅的陶盆里整姿定形,这样,那"顾盼生姿"的盆景就可完成了。如果要使它更美观一些,可以适当地在树下配上一块拳石,或于树旁插下一根石笋,石和树原是可以结为良伴而相得益彰的。如要使它更见生动一些,配上一个陶质的人像,如广东石湾出品的屈原、苏东坡或酒醉的李太白等;不过那要看树下树旁有没有余地,人像的大小高低跟树叶的比例怎么样。我以为要是一定要配置一个人像的话,那么树叶要愈小愈好,人像要适当大一些。

窗明几净,供上一个富有诗情画意的盆景,朝夕坐对,真可以悦目赏心,怡情养性,而在紧张劳动之后,更可调剂精神,乐而忘倦。要把盆景供在几案上供人观赏,有几个必要的条件:一则树的姿态要美;二则盆盎要力求古雅,并且大小要配合得好;三则盆盎下要衬以合适的几座;四则陈列时必须高低参差,前后错综,切忌成双作对、左右并列,像从前公堂上衙役站班一样。每一几或一案上,陈列三件至五件已足,而前后高低与盆盎的色彩,都要好好配置,求其得当。倘于一二个盆景之外,配上一瓶花、一盆菖蒲或一座石供,亦无不可。石供不论灵璧、昆石或英石,不论竖峰或横峰,总须与盆景的高低大小相配。如果是一个长方盆的低矮盆景,那就配上一座竖峰的石供;如果是一个悬崖式的盆景供在高几上的,那就配上一座横峰的石供,放在下面,再加上一小盆菖蒲作为陪衬。用这样的方法陈列起来,可就合着古人所说的"五雀六燕,铢两悉称"了。

# 岁朝清供

春节例有点缀,或以花木盆景,或以丹青墨妙,统称之为岁朝清供。我以花木盆景作岁朝清供,行之已久;就是在"八一三"国难临头避寇皖南时,索居山村中,一无所有,然而也多方设法,不废岁朝清供。那时我在寄居的园子里,找到了一只长方形的紫砂浅盆,向邻家借了一株绿萼梅,再向山中掘得稚松、小竹各一,合栽一盆,结成了"岁寒三友"。儿子铮助我布置,居然绰有画意。我欣赏之余,以长短句宠之,调寄《谒金门》云:

> 苔砌左,翠竹青松低弹。借得绿梅枝矮媠,一盆栽正妥。
>
> 旧友相依差可,梅蕊弄春无那。计数只开花十朵,瘦寒应似我。

原来这一株绿梅,先天不足,后天失调,一共只开了十朵花,这乱离中的岁朝清供,真是够可怜的了!

今年的岁朝清供,我是在大除夕准备起来的,以梅兰竹菊四小盆,合为一组,供在爱莲堂中央的方桌上,与松柏等盆栽分庭抗礼。梅一株,种在一只梅花形的紫砂盆中,含蕊未放,花虽稀而枝亦疏,干虽小而中已枯,朋友们见了,都说它是少年老成。兰一丛,着花五六朵,已半开,风来时幽香微度。竹是早就种好了的,高低疏密,恰到好处,这一次严寒袭来,虽经冰冻,却还青翠可爱。菊是小型的黄色文菊,插在一只明代瓯瓷的长方形浅盆中,灌以清水,伴以蒲石,虽曾结冰三天,依然无恙,它不但傲霜,并且傲冰了。此外,有天竹、蜡梅各三四枝,用水养在一只长方形的大石盆中,庋以红木高几,落地安放;蜡梅之下,放着一块横峰大层岩石,更有紫竹一小株,从石后斜出,倒影水中。这一盆本是早就制成庆祝一九五五年元旦的,那时蜡梅大半含蕊,现在却已全放,正可作春节的点缀了。在这大石盆前,着地放着一个蜡梅盆栽,老干虬枝,足有五六十年的树龄,今年着花不多,已在陆续开放,色香都妙,我曾有绝句一首咏之:

蜡梅老树非凡品,檀色素心作靓妆。

纵有冬心橡样笔,能描花骨不描香。

古画中曾有"岁朝清供"这个专题,名家作品很多,都是专供春节张挂的。我也藏有清代计儋石、张猗兰等好几幅,所绘花果中,都含有善颂善祷之意。最难得的,有苏州的十六位画师给我合作的一幅大中堂,由邹荆盦作胆瓶、天竹、水仙,陈负苍作松枝、山茶,余肜甫作石,周幼鸿作菖蒲,朱竹云作书卷,张星阶作老梅,蔡震渊作紫砂盆,张晋作柏枝、万年青,朱犀园作竹,柳君然作百合、柿子、如意,程小青作荸荠、橄榄,韩天眷作蜡梅,谢孝思作宝珠、山茶,乌叔养作橘,蒋乐山作菱,卢善群作盂,命名为《岁朝集锦》,由范烟桥题记云:"丁亥之秋,集于紫罗兰盦,琴樽余韵,逸兴遄飞,以素楮为岁朝图,迓新禧也。"我每逢春节,总得张挂此画,并以陈曼生所书"每行吉祥事,常生欢喜心"一联为配,联用珊瑚笺,朱色烂然,很适合于点缀春节的。

# 夏天的瓶供

凡是爱好花木的人,总想经常有花可看,尤其是供在案头,可以朝夕坐对,而使一室之内,也增加了生气。供在案头的,当然最好是盆栽和盆景;如果条件不够,或佳品难得,那么有了瓶供,也可以过过花瘾。对于瓶供的爱好,古已有之,如宋代诗人张道洽《瓶梅》云:

寒水一瓶春数枝,清香不减小溪时。
横斜竹底无人见,莫与微云澹月知。

徐献可《书斋》云:

十日书斋九日扃,春晴何处不闲行。
瓶花落尽无人管,留得残枝叶自生。

方回《惜研中花》云：

> 花担移来锦绣丛，小窗瓶水浸春风。
> 朝来不忍轻磨墨，落研香粘数点红。

这与我的情况恰恰相同，紫罗兰盦南窗下的书桌上，四时不断地供着一瓶花，瓶下恰有一方端研，花瓣往往落在研上，我也往往不忍磨墨，生怕玷污了它，足见惜花人的心理，是约略相同的。

说到夏天的瓶供，我是与盆供并重的。从园子里的细种莲花开放之后，就陆续采来供在爱莲堂中央的桌子上，如洒金、层台、大绿、粉千叶等，都是难得的名种。我轮替地用一只古铜大圆瓶，一只雍正黄瓷大胆瓶和一只紫红瓷窑变的扁方瓶来插供，以花的颜色来配瓶的颜色，务求其调和悦目。单单插了莲花还不够，更要采三片小样的莲叶来搭配着，花二朵或三朵，配上了三片叶子，插得有高有低，有直有欹，必须像画家笔下画出来的一样。倘有一朵花先谢了，剩下一只小莲蓬，仍然留在瓶里，再去采一朵半开的花来补缺，这样要连续插供到细种莲花全部开完后为止。在这一个多月的时间里,我把这一大瓶高花大叶的莲花,用树根几或红木几高供中央,总算不辜负了"爱莲堂"这块老招牌;而上面挂着的,恰又是林伯希老画师所画的一幅《爱莲图》,更觉相映成趣。

除了瓶供的莲花之外,还有瓶供的菖兰。菖兰的色彩是多种多样的,有白、红、淡黄、深黄、洒金、茄紫诸色,而我园有一种深紫而有绒光的,更为富丽。我也将花与瓶的颜色互相配合,互相衬托,花以三枝、五枝或七枝为规律,再插上几片叶,高低疏密,都须插得适当,看上去自有画意。有时瓶用得腻了,便改用一只明代瓯瓷的长方形小型水盘,插上三五枝小样的菖兰,衬以绿叶,配上大小拳石两块,更觉幽雅入画了。

我爱用水盘插花,觉得比用瓶来插花,更有趣味。除了菖兰,无论大丽、月季、蜀葵等,都是夏天常见的,都可用水盘来插,不过叶子也需要,再用拳石或书带草来一衬托,那是更富于诗情画意了。爱莲堂里有一只长方形的白石大水盘,下有红木几座,落地安放着,我在盘的右边竖了一块二尺高的英石奇峰,像个独秀峰模样,盘中盛满了水,散满了碧绿的小浮萍;清早到园子里,采了大石缸中刚开放的大红色睡莲二三朵和小样的莲叶三五张,回来放在水盘里,就好像把一个小小的莲塘,搬到了屋子里来,徘徊观赏,真的是"心上莲花朵朵开"了。每天傍晚,只要把闭拢了的花朵撩起来,放在露天的浅水盆中过夜,明天早上,花依然开放,依然放到水盘里,天天这样做,可以持续三四天。

明代小品文专家袁宏道中郎,对于插花很有研究,曾作《瓶史》一书,传诵至今,并曾流入日本。日本人也擅长插花,称为"花道",得中郎《瓶史》,当作枕中秘宝,并且学习他的插花方法,自成一派,叫做"宏道流"。他们对于夏天的瓶供,如插菖兰、蝴蝶花、莲花等,都很自然;可是对于国家大典中所用以装饰的瓶供或水盘,却矫揉造作,一无足取了。谱嫂俞碧如,曾从日本花道女专家学插花,取长舍短,青出于蓝,每到我家来时,总要给我在瓶子里或水盘里一显身手,和她那位精于审美的爱人反复商讨,一丝不苟。可惜她已于去年暮春落花时节,一病不起;我如今见了她给我插过花的瓶樽水盘,如过黄公之垆,为之腹痛!

上海花店中,折枝花四季不断,倘要作瓶供,真是取之不尽,用之不竭,并且有不少插花的专家可作顾问,家庭中明窗净几,倘有二三瓶供作点缀,也可以一餍馋眼、一洗尘襟了。

## 清凉味

苏州市园林管理处从今年八月十五日起在拙政园举行盆桩展览会。早在半月以前,就来要我参加展出,我当下一口答应了。因为这些年来,拙政园每有展览会,我原是有求必应,无役不与的。但我想到那种枯干老桩的盆树,拙政园有的是,并且多得很,那么我拿些什么东西去展出呢?于是大动脑筋,想啊想地想了一天,终于想出一个避重就轻的新花样来。

配合着这个乍凉还热的新秋天气,我决计准备一些含有清凉味的竹子、芭蕉、芦荻、菖蒲、杨柳、爬山虎和水石等,作为展出品。一连忙了几天,共得十九点,请几位写得一手好字的朋友,在各种彩笺上写了标签,注明名称和含有诗意的题句;又请林伯希老画师画了一小幅竹子、芭蕉、菖蒲三清图,在一旁题上"清凉味"三字,就作为我这次展出品的总称。我希望观众看了之后,凉在眼底,更凉到心头,真能享受到一些清凉味。

"清凉味"展出的所在,是拙政园西部三十六鸳鸯馆,面临池塘,有一对对鸳鸯拍浮其中,这场合是挺美的。一只红木长台上,居中供着一大盆"紫竹林",拳石的一旁,立着一尊佛山窑的观音像,手捧杨枝水瓶,好一副庄严宝相。左旁是一盆五株合种的芭蕉,有人小步蕉荫,神态悠闲得很,题名"小绿天"。右旁高供着一盆垂柳,长条临风披拂,使人想起"杨柳岸晓风残月"的名句。

长台前的供桌上,中央一个长方形浅盆中,种着二十余枝芦荻,就题名"芦荻岸",岸上芦荻丛中,有两只白鹅,正在低头刷翎;岸边有小池,铺满着浮萍,全是水乡风物。此外,盆景有仿明代沈石田的《鹤听琴图》,山洞的两旁,种着三枝文竹,洞口有老者正在鼓琴,一头白鹤在旁听着,似是知音。一只不等边形的歙石浅盆中,斜立着一座峭壁,顶上有爬山虎一株,枝叶纷披;壁下石坡上,正有渔夫持竿垂钓,活画出一幅"渔家乐图"。一只长方形汉砖浅盆中,有英石壁立,坐着一尊无量寿佛,座前满种菖蒲,题名"蒲石延年"。其他如"枯木竹石""新蒲寿石""空山高隐图"等,都是尽力求其入画,而又带着清凉味的。

我这次展出的盆竹,如果排队点起名来,共有十种,如紫竹、斑竹、文竹、棕竹、观音竹、寿星竹、凤尾竹、飞白竹、佛肚竹,而以金镶碧玉嵌竹最为别致,每根黄色的竹竿上每隔一节都嵌着一条粗绿纹,如嵌碧玉一样。古人说"宁可食无肉,不可居无竹",我也有同感,并且爱它一年四季都带着清凉味。

留听阁一带地区,全是本园出品,林林总总,美不胜收,枯干的红薇多盆,正在烂漫地开着花,如锦如绣。最特出的,是那株树龄五百余年的老榆桩,好像是一座冠云峰模样,使人叹为观止。这是该园组长于智通和技工朱子安两同志,今春从广福深山中掘来培养而成,不知费却了多少心力,才得此成果。会期共十六天,吸引了不少观众,上海、无锡的一般盆栽专家都来观赏,大有宾至如归之概。

# 西府海棠

我的园子里有西府海棠两株,春来着花茂美,而经雨之后,花瓣湿润,似乎分外鲜艳。

"只恐夜深花睡去,高烧银烛照红妆",这是苏东坡咏海棠诗中的名句,把海棠的娇柔之态活画了出来。海棠原不止一种,以木本来说,计有西府、垂丝、木瓜、贴梗四种,而以西府为尽态极妍,最配得上这两句诗。清朝的园艺家,也认为海棠以西府为美,而西府之名"紫绵"者更美,因为它的色泽最浓重而花瓣也最多。这名称未之前闻,不知道现在仍还有这个品种否?

西府海棠又名海红,属蔷薇科的棠梨类,树身高达一二丈不等,是用梨树嫁接而成。木质坚实而多节,枝密而条畅。花期在农历二、三月间,花五瓣,未开时花蕾像胭脂般鲜红,开放后像晓霞般明艳,而色彩似乎淡了一些。

花形特大,朵朵上向,三五朵合成一簇,花蒂长约一寸余,作淡紫色,花须也是紫色的,微微透出清香。这是西府的特点,而为他种海棠所不及。到了秋天,结成果实,味酸,大如樱桃;这大概就是所谓海棠果吧?如果不让它结实,花谢后一见有子,立时剪去,那么明春花更茂美。

海棠也可插瓶作供,如用小胆瓶插西府一枝,自觉娇滴滴越显红白。据说折枝的根部,可用薄荷包裹,或竟在瓶中满注薄荷水,可以延长花的寿命,让你多看几天,岂不很好?

• 01 •

# 探梅香雪海

万树梅花玉作堆,皑皑一白满山隈。
几时修得山中住,朝夕吹香嚼蕊来。

这一首诗是我为了热爱邓尉香雪海一带的梅花而作的。每年梅花时节,一见我家梅邱上下的梅花开了,就得魂牵梦萦地怀念香雪海,恨不得插翅飞去,看它一个饱。一九六一年三月八日早上,我正在给那盆百年老绿梅"鹤舞"整姿,蓦见我的一位五十年前老同学翁老,泼风似的跑进门来,兴高采烈地嚷道:"我刚从香雪海来,那边的梅花全都开了,枝儿上密密麻麻地开足了花,简直连花蕊儿也瞧不出来了。您要是想探梅,非赶快去不可!"我一听他传来了这梅花消息,心花怒放,仿佛望见那万树梅花正在向我含笑招手,于是毅然决然地答道:"好啊,谢谢您给了我这个梅花情报,明儿一清早就走!"

真是幸运得很!九日恰好是一个日暖风和的晴天,我就邀约了一位爱花的老友老刘和一位种花的花工老张,搭了八时四十五分的长途汽车,向光福镇进发,十时左右已到了光福。我们下车之后,决定沿着那公路信步走去,好边走边看梅花,尽情地享受。走不多远,就看到了疏疏落落的梅树,偶有一二株开着红的花或绿的花,而大半都是白的,被阳光照着,简直白得像雪一样耀眼;不由得想到了王安石的两句诗:"遥知不是雪,为有暗香来。"真的,要不是有一阵阵的暗香因风送来,可要错疑是雪了。

走了大约三刻钟光景,就到了马驾山。据《苏州府志》说:马驾山向未有名,四面全都种着梅树,清康熙中,巡抚宋荦题"香雪海"三字于崖壁,才著名起来。清帝康熙、乾隆先后南巡时,曾到过这里,住过这里,料想也曾看过梅花的了。汪琬《游马驾山记》云:

  马驾山在光福镇西,与铜井并峙,山中人率树梅、艺茶、条桑为业,梅五之,茶三之,桑视茶而又减其一。

号为光福,幽丽奇绝处也。……前后梅花多至百许树,芳香蓊葧,落英缤纷,入其中者,迷不知出。稍北折而上,望见山半累石数十,或偃或仰,小者可几,大者可席,盖《尔雅》所谓崖也。于是遂往,列坐其地,俯窥旁瞩,蒙然岩然,曳若长练,凝若积雪,绵谷跨岭,无一非梅者。

这篇文章对于马驾山的评价是很高的。当下我们走上山径,拾级而登,山腰有轩有亭,解放前破败不堪,前几年已经过一番整修。我们在轩里小憩一会,就走上了山顶的梅花亭。亭作梅花形,所有藻井的装饰全嵌着一朵朵的小梅花,围着中央一朵大梅花,连亭柱和柱础也是作梅花形的,真是名副其实的梅花亭了。从亭中下望,见崦西一带远远近近全是白皑皑的梅花,活像是一片雪海,不禁拊掌叫绝,朗诵起昔人"遥看一片白,雪海波千顷"的诗句来。我想,三五月明之夜,疏影横斜,暗香浮动,梅花映月,月笼梅花,漫山遍野都是晶莹朗彻,真所谓玉山照夜哩。下了山,就在夹道梅花丛里行进,一阵又一阵的清香缭绕在口鼻之间,直把我们送到了柏因社。

柏因社俗称司徒庙,这是我一向梦寐系之的所在。苏州的宝树"清""奇""古""怪"四古柏就在这里,枯干虬枝,陆离光怪,可说是造物之主的杰作。有人说是汉光武时代的遗物,虽无从考据,至少也有一千年以上的高寿了。我三脚两步赶进去瞧时,不觉喜出望外,前几年的一次台风,只把那株"奇"刮断了一大根旁枝,搁住在下面的虬枝上;其他三株,依然老而弥健,苍翠欲滴。还有那较小的两株,也仍是好好的,倒像是它们的一双儿女,依依膝下似的。客堂中有两副楹联,都是歌颂四古柏的,其一是清同治年间吴云所作:

清奇古怪画难状,风火雷霆劫不磨。

其二是光绪年间潘遵祁所作:

此中只许鸾凤宿,其上应有蛟螭蟠。

我以为这些歌颂的语句并不过分,四株古柏确可当之无愧,但看那十二级的台风也奈何它们不得,不就是"风火雷霆劫不磨"的明证吗？

出了柏因社，仍由公路向石嵝进发。一路上随时随地都有一丛丛的白梅花，供我们闻香观赏。红、绿梅却不多见，据说在含蕊未放时，就把花苞摘下来，卖给收购站支援社会主义建设了。那么我们何必一定要看红、绿梅，还是欣赏那香雪丛丛的白梅花为妙。况且结了梅子，又是公社中一种有用的产品，经济价值很高，比那不结实而虚有其表的红、绿梅好得多了。

在石嵝住了一夜，第二天早上，又游了太湖边的石壁，领略那三万六千顷的一角。这一天半到处看到梅花，也随时闻到梅香，简直好像是掉在一片香雪海里，乐而忘返。在那石嵝西面不远的地方，有几座红瓦粼粼的建筑物矗立在梅花丛中，遥对太湖，风景绝胜，那是劳动人民的疗养院。石嵝精舍住持脱尘和尚，在山上种茶、种竹、种梅、种桃，是个生产能手，毛竹几百竿，直挺挺地高矗云霄，蔚为大观，全是他十多年来一手培植起来的。万峰台在石嵝高处，从这里四望山下的梅花，白茫茫一片，真是洋洋大观。下午二时半，我们就从潭东站搭车回去，身边带着四株小梅桩，当作新的旅伴；原来是昨天傍晚从光福公社的花田里像觅宝一般选购来的。还有那公社天井小队送给我的一大束折枝红、绿梅,安放在车窗边,倒也有色有香,似诗似画。于是我仍然一路看着梅花,看呀看的,一直看到了家里。

香雪海探梅必须算准时期,不要忘了日历。古人曾说"梅花以惊蛰为候",大概每年惊蛰前后一星期内前去,才恰到好处,如果太早或太迟,那么梅花自开自落,是不会迁就你的。探梅的人们,最好能与山中人先作联系,探问梅花消息;开到七八分时,就可以前去,领略那暗香疏影的一番妙趣了。

# 观莲拙政园

也许是因为我家祖祖辈辈传下来的堂名是爱莲堂的缘故,因此对于我家老祖宗《爱莲说》作者周濂溪先生所歌颂的莲花,自有一种特殊的好感。倒并不是为它出淤泥而不染,是花中君子,实在是爱它的高花大叶,香远益清,在众香国里,真可说是独擅胜场的。年年农历六月二十四日,旧时相传为莲花生日,又称观莲节,我那小园子里的池莲、缸莲都开好了,可我看了还觉得不过瘾,总要赶到拙政园去观赏莲花,也算是欢度观莲节哩。

可不是吗?拙政园的水面,占全园面积的五分之三,池水沦涟,正可作为莲花之家;何况中部的堂啊、亭啊、轩啊,都是配合着莲花而命名的,因此拙政园实在是一个观莲的好去处。例如远香堂、荷风四面亭、倚玉轩,还有那船舫形的小轩"香洲",以至西部的留听阁,都是与莲花有连带关系而可以给你坐在那里观赏的。

我们虽为观莲而来,但是好景当前,不会熟视无睹,也总要欣赏一下;况且这个园子已被列为第一批全国重点文物保护单位之一,真该刮目相看。怎么叫做"拙政"呢?原来明代嘉靖年间,御史王献臣因不满于权贵弄权,弃官归隐,把这里大宏寺的一部分基地造了一个别墅,取名拙政园。王死后,他的儿子爱好赌博,就在一夜之间把这园子输掉了。到了公元一八六〇年,太平天国忠王李秀成攻下苏州时,就园子的一部分建立忠王府,作为发号施令的所在。

从东部新辟的大门进去,迎面就看到新叠的湖石,分列三面,傍石植树,点缀得楚楚可观,略有倪云林画意。进园又见奇峰几座,好像是案头大石供。这里原是明代侍郎王心一归田园遗址,有些峰石还是当年遗物。这东部是近年来所布置的,有土山密植苍松,浓翠欲滴;此外有亭有榭,有溪有桥,有广厅作品茗就餐之所。从曲径通到曲廊,在拱桥附近的水面上,先就望见一小片莲叶莲花,给我们尝鼎一脔。这是最近新种的,料知一二年后,就可蔓延开去了。从曲廊向西行进,就是中部的起点,这一带有海棠春坞、玲珑馆、枇杷院诸胜,仲春有海棠可看,初夏有枇杷可赏,一步步渐入佳境。走过了那盖着绣绮亭的小丘,就到达远香堂,顾名思义,不由得想起那《爱莲说》中的名句"香远益清,亭亭净植"八个字来,知道堂名就由此而得,而也就是给我们观莲的好地方了。

远香堂面对着一座挺大的黄石假山,山下一泓池水,有锦鳞往来游泳,堂外三面通廊,堂后有宽广的平台,台下就是一大片莲塘,种着天竺种千叶莲花,这是两年以前好容易从昆山正仪镇引种过来的。原来正仪镇上有个顾园,是元代名士顾阿瑛"玉山佳处"的遗址。在东亭子旁,有一个莲池,池中全是千叶莲花,据说还是顾阿瑛手植的,到现在已有六百多年,珍种犹存,年年开花不绝。拙政园莲塘中自从把原种藕秧种下以后,当年就开了花,真是色香双绝,不同凡卉。第二年花花叶叶,更为繁盛,翠盖红裳,几乎把整个莲塘都遮满了。并蒂莲到处都是,并且一花中有四五芯、七八芯,以至十三个芯的,花瓣多至一千四百余瓣。只为负担太重了,花头往往低垂着,使人不易窥见花芯,因此苏州培养碗莲的专家卢彬士老先生所作长歌中,曾有"看花不易窥全面,三千莲嫒总低头"之句,表示遗憾。其实我们只要走到水边,凑近去细看时,还是可以看到那捧心西子态的。今夏花和叶虽觉少了一些,而水面却暴露了出来,让我们欣赏那水中花影,仿佛姹娅欲笑哩。

远香堂西邻的倚玉轩,与船舫形的香洲遥遥相对,北面的斜坡上还有一个荷风四面亭,三者位在三个角度上,恰恰形成鼎足之势,而三处都可观莲,因为都是面临莲塘的。香洲贴近水边,可以近观;倚玉轩隔一条花街,可以远观;而荷风四面亭翼然高处,可以俯观;好在莲花解意,婉娈可人,不论你走到哪一面,都可以让你尽情观赏的。穿过了曲桥,从假山上拾级而登,就见一座楼,叫做见山楼,凭北窗可以看山,凭南窗可以观莲,并且也可以远观远香堂后的千叶莲花了。

走进别有洞天,就到了园的西部,沿着起伏的曲廊向西行进,就看到一座美轮美奂的花厅,分作两半。一半是十八曼陀罗花馆,庭中旧时种有山茶十八株,而曼陀罗就是山茶的别号,因以为名。另一半是三十六鸳鸯馆,前临池沼,养着文羽鲜艳的鸳鸯,成双作对地在那里戏水,悠然自得。池中种着白莲,让鸳鸯拍浮其间,构成了一个美妙的画面；正如宋代欧阳修咏莲词所谓"叶有清风花有露,叶笼花罩鸳鸯侣",真是相得益彰,而大可供人观赏、供人吟味的。

向西出了三十六鸳鸯馆,向北走过一条小桥,就到了留听阁,窗户挂落,都是精雕细刻,剔透玲珑。我们细细体味阁名,原来是从那句"留得残荷听雨声"的古诗句上得来的。这个阁坐落在西部尽头处,去莲塘不远,到了秋雨秋风的时节,坐在这里小憩一会,自可听到残荷上淅淅沥沥的雨声的。

## 赏菊狮子林

节气已过小雪,而江南一带不但毫无雪意,天气还是并不太冷,连浓霜也不曾有过,菊花正开得挺好,正是举行菊展的好时光。大型的菊展,是在狮子林举行的。凡是苏州市各园林的菊花,几乎都集中于此,大大小小数千百盆,云蒸霞蔚地蔚为大观。

一进狮子林大门,就瞧见前庭陈列着不少盆菊,五色斑斓,似乎盛装迎客。沿着走廊北进,到了燕誉堂。堂前假山上、花坛里,都错错落落地点缀着菊花。堂上每一几、每一案,都陈列着大小方圆的陶盆、瓷盆,盆中都整整齐齐地种着细种、名种的菊花,真是形形色色、林林总总,任是丹青妙手,怕也没法儿一一描画出来。当初陶渊明所爱赏的,大概只有黄菊一种,怎能比得上我们今天的幸运,可以看到这样丰富多彩的各种名菊而大开眼界、大饱眼福呢!

这一带原是园中的建筑群。燕誉堂的后面,是一个小小结构的小方厅。从后院中,走出一扇海棠式的门,就到了揖峰指柏轩。再向西进,便是旧时建筑物中仅存的所谓古五松园。每一座厅、一座轩、一座堂,都陈列着多种多样的名菊,而这些厅堂前后都有院落,都有假山,也一样用多种多样的名菊随意点缀着。这触处都是不可胜数的名菊,都是公园、拙政园、留园、狮子林、网师园等花工们一年劳动的结晶。

揖峰指柏轩的前面,有一条狭狭的小溪,溪上架着一条弓形的石桥,桥栏上齐整地排列着好多盆黄色和浅紫色的小菊花,好像是两道锦绣的花边,形成了一条绚烂的花桥。站在轩前抬眼望去,可见一座座的奇峰、一株株的古柏,就可明了轩名揖峰指柏的含义。此外还有头角峥嵘的石笋和木化石,都是五六百年来身历兴废的古物,还是元代造园时就兀立在这里的。这一带的假山迂回曲折,路复山重,要是漫不经心地随意溜达,就好像误入了诸葛孔明的八卦阵,迷迷糊糊地找不到出路。

荷花厅在揖峰指柏轩之西,厅前有大天棚很为爽垲,这是供游客们啜茗休憩的所在。棚临大池塘,种着各色名种荷花,入夏大叶高花,足供欣赏。现在荷花没有了,却可在这里赏菊。原来花工们别出心裁,在前面连绵不断的假山上,像散兵线般散放着一盆盆黄白的菊花,远远望去,倒像是秋夜散布天际的星斗一样。出厅更向西进,有一个金碧辉煌的水榭,上有蓝地金字匾额,大书"真趣"二字,并没款识,据说是清帝乾隆所写的。西去不多远,有一只石造的画舫,窗嵌五色玻璃,十分富丽;现在船舷头、船尾上,都密集地安放着各色小型的盆菊,形成了一只美丽的花船。沿着长廊再向西去,由假山上拾级而登,就是赏梅所在的暗香疏影楼。出楼向南,得一亭,叫做听涛亭,与荷池边的观瀑亭遥遥相对。原来这里是西部假山最高的所在,下有人造瀑布,开了机关,水从隐蔽着的水塔管中荡荡下泻,泻过湖石叠成的几叠水坝,活像山中真瀑,挂下一大匹白练来,气势磅礴,水声淘淘,边看边听,使人心腑一清。这是狮子林的又一特点,为其他园林所没有的。出亭,过短廊,入问梅阁。古诗云:

> 君自故乡来，应知故乡事。
>
> 昨日绮窗前，寒梅着花未？

因阁下多梅树，就借用"问梅花开未"的意思，作为阁名。阁中桌凳，都作梅花形，窗上全是冰梅纹的格子，而又挂着"绮窗春讯"四字的横额，都是和梅花互相配合的。从这里一路沿廊下去，还有双香仙馆、扇子亭、立雪亭、修竹阁等建筑物，为了这一带已没有菊花，也就不用流连了。

# 洞庭碧螺春

洞庭东西二山,山水清嘉,所产枇杷、杨梅,甘美可口,名闻天下。而绿茶碧螺春尤其特出,实在西湖龙井之上,单单看了这名字,就觉得它的可爱了。

碧螺春原是野茶,产于东山碧螺峰的石壁上。据说它的种子是由山禽衔来,掉在那里的。每年谷雨节前,山中人前去摘了茶叶,用竹筐子装回来,以作日常饮料。清康熙某一年,因产量特多,竹筐子装不下了,大家把多余的纳在怀中,不料茶叶受了热,发出一种异香,采茶的男女们闻到了,都说是吓杀人香。原来吓杀人是苏州的俗语,借来夸张它香气的浓郁。于是众口争传,作为茶名。从此年年谷雨节,男女们先得沐浴更衣,同去采茶,索性不用竹筐,都把茶叶纳在怀中了。康熙帝南巡时,曾到太湖,巡抚宋荦买了这茶叶献上去,康熙以为吓杀人香这名字太俗了,就给改作碧螺春。后来地方官每年总得采办一批进贡,名为茶贡。那时因产量不多,只让独夫享受,民间是不容易尝到的。

我很爱此茶,每年入夏以后,总得尝新一下。沸水一泡,就有白色的茸毛浮起,叶多蜷曲,作嫩碧色,上口时清香扑鼻,回味也十分隽永,如嚼橄榄。清代词章家李莼客曾有《水调歌头》一阕加以品题云:

> 谁摘碧天色?点入小龙团。太湖万顷云水,渲染几经年。应是露华春晓,多少渔娘眉翠,滴向镜台边。采采筠笼去,还道黛螺奁。
> 龙井洁,武夷润,芥山鲜。瓷瓯银碗同涤,三美一齐兼。时有惠风徐至,赢得嫩香盈抱,绿唾上衣妍。想见蓬壶境,清绕御炉烟。

他把碧螺春的色香和曾经进贡的一回事都写了出来;可是没有写到茶叶采下之后,是曾经在采茶人的怀中亲热过的。

一九五五年七月七日新七夕的清晨七时,苏州市文物保管会和园林管理处同人,在拙政园的见山楼上,举行了一个联欢茶话会。品茶专家汪星伯兄忽发雅兴,前一晚先将碧螺春用桑皮纸包作十余小包,安放在莲池里已经开放的莲花中间。早起一一取出冲饮,先还不觉得怎样,到得二泡三泡之后,就莲香沁脾了。我们边赏楼下带露初放的朵朵红莲,边啜着满含莲香的碧螺春,真是其乐陶陶!我就胡诌了三首诗,给它夸张一下:

玉井初收梅雨水,洞庭新摘碧螺春。
昨宵曾就莲房宿,花露花香满一身。

及时行乐未为奢,隽侣招邀共品茶。
都道狮峰无此味,舌端似放妙莲花。

翠盖红裳艳若霞,茗边吟赏乐无涯。
卢仝七碗寻常事,输我香莲一盏茶。

末二句分明在那位品茶前辈面前骄傲自满,未免太不客气。然而我敢肯定他老人家断断不曾吃过这种茶,因为那时碧螺春还没有发现,何况它还在莲房中借宿过一夜的呢;可就尽由我放胆地吹一吹法螺了。

# 苏州的宝树

旧时诗人词客,在他们所作的诗词中形容名贵的花草树木,往往用上琪花、瑶草、玉树、琼枝等字句,实则大都是过甚其词,未必名副其实。据我看来,苏州倒的确有几株出类拔萃的古树,称之为树中之宝,可以当之无愧。

最最宝贵的,无过于光福司徒庙中的几株古柏,庙门上有"柏因社"三字,就是因柏而名的。柏原有八株,后死其二,现存六株,其中最大最古的四株,据说清帝乾隆曾以清、奇、古、怪称之,树龄都在千余年以上,就是无名的两株,也并无逊色。今年初秋,曾偕同园林修整委员会诸委员并园林管理处同人,察勘香雪海的梅花亭,顺道往看古柏,见清、奇、古、怪四株,依然是清奇古怪,各有千秋。我虽已和它们阔别了十多年,竟浓翠欲滴,矫健如常,就是其他二株,好像在旁作陪似的,也一无变动,我想给它们题上两个尊号,一时竟想不出得当的字来。

清代诗人施绍书曾以长歌宠之:

一柏直上海螺旋,一柏挐攫枝柯相胁骈。

二柏天刑雷中空,伛者毒蛇卧者秃尾龙,

上有蓊蔚万年不落之青铜。

疑是商山皓,须髯戟张面重枣。

或类金刚舞,瞠眙杰累目眦努。

可惜陪贰四柏颓厥一,佛顶大鹏衔之掷过崭岩逸。

否则八骏腾骧八龙叱,何异秃眇跛瘘蹀躞游戏齐廷出。

安得巨灵擘山,巫阳掌梦,

召之归来,虬干错互掩映双徘徊。

吁嗟乎! 一柏走僵七柏植,欲噙精英月华炅,

夜深月黑镫光荧,非琴非筑声清泠。

天风飕飕,仙乎旧游,万籁灭息,远闻鹡鹩。

此言谁所述? 我闻如是僧人成果说。

诗颇奇崛,恰与古柏相称。而吴大澂清卿的《七柏行》,对于这七株古柏一一写照,更有颊上添毫之妙,如:

> 司徒庙中古柏林,百世相传名到今。
> 我来图画古柏状,日暮聊为古柏吟。
> 一柏亭亭最清绝,斜结绳文寒欲裂。
> 九华芝盖撑长空,几千百年不可折。
> 一柏如桥卧彩虹,霜皮剥落摧寒风。
> 霹雳一声天半落,残枝满地惊飞蓬。
> 一柏僵立挺霄汉,虬枝蟠结影零乱。
> 冰雪曾经太古前,炼此千寻坚铁干。
> 一柏夭矫如游龙,蒙头酣卧云重重。
> 满身鳞甲忽飞舞,掷地化作仙人笻。
> 中有二柏亦奇特,清阴下覆高柯直。
> 纵横寒翠相纷挐,如副三槐参九棘。
> 墙根一柏等附庸,侧身伏地甘疏慵。
> 昂头横出一奇干,千枝万叶犹葱茏。

读了此诗,就可以想象到这些古柏的姿态了。我以为它们不但是苏州的宝树,实在足以代表全国。

另一株宝树,就是沧浪亭东邻结草庵里的古桧,俗称白皮松,在全苏州所有的老桧中,这是最大最古老的一株,干大数围,是南方所稀有的。明代大画家沈石田曾说庵中有古桧十寻,数百年物,即指此而言;自明代至今,又加上了四百多岁,那么这古桧的年龄定在一千岁以上了。番禺叶誉虎前辈寓苏时,常去观赏,并一再赋诗咏叹,如《赠桧》一首云:

消得僧房一亩阴,弥天鬐甲自萧森。
挐云讵尽平生志,映月空悬永夜心。
吟罢风雷供叱咤,梦余陵谷感平沉。
破山老桧司徒柏,把臂应期共入林。

沧浪亭对邻可园中荷花池畔,有一株胭脂梅,据说还是宋代所植,有人称之为江南第一梅;据我看来,树干并不苍古,也许老干早已枯死,这是根上另行挺生的孙枝了。每年春初花开如锦,艳若胭脂,我园梅邱上的一株,就是此梅接本,我曾宠之以词,调寄《忆真妃》云:

> 翠条风搦烟拖,影婆娑。疑是灵猿蜕化,作虬柯。
>
> 春晖暖,琼英坼,艳如何。错道太真娇醉,玉颜酡。

梅花单是色彩娇艳,还算不得极品,一定要有水光,才是十全十美。这株胭脂梅,就是好在有水光,普通的梅花和它相比,不免要自惭形秽了。

# 姑苏城外寒山寺

月落乌啼霜满天,江枫渔火对愁眠。

姑苏城外寒山寺,夜半钟声到客船。

这是唐代诗人张继的一首《枫桥夜泊》诗,凭着这首诗在后世读者中的辗转传诵,就使枫桥和寒山寺享了大名,并垂不朽。

寒山寺在吴县西十里的枫桥旁,因此又称枫桥寺;起建于梁代天监年间,原名妙利普明塔院,宋代太平兴国初,节度使孙承祐又造了一座七层宝塔,嘉祐年中由宋帝赐号"普明禅院";可是在唐代已称之为寒山寺,所以自唐至今,大家只知寒山寺了。元代末,寺与塔俱毁于火,明代洪武中重建;以后再毁再修,在嘉靖中,铸了一口大钟,并造了一座楼,把这钟挂在楼中;可是后来不知如何,竟不翼而飞，据说是被日本人盗去的，所以康有为题寒山寺诗，曾有"钟声已渡海云东，冷尽寒山古寺枫"之句。叶誉虎前辈也有一绝句咏此事：

> 长廊曲阁塞榛菅，法物何年赵璧还？
> 不分风期成钝置，寒山寺里觅寒山。

现在的那口钟，听说是日本人另铸了送回来的，但是好像是翻砂翻出来的东西，一些儿没有古意了。

寒山寺之所以得名，考之姚广孝记称：

> 唐元和中，有寒山子者，冠桦布冠，着木履，被蓝缕衣，掣风掣颠，笑歌自若，来此缚茆以居；寻游天台寒岩，与拾得、丰干为友，终隐而去。希迁禅师于此建伽蓝，遂额曰寒山寺。

明清二代间，寺中一再失火，一再修复，可是那座塔却终于没有了。

清代诗人王渔洋，曾于顺治辛丑春坐船到苏州，停泊

枫桥,那时夜已曛黑,风雨连天,王摄衣着屐,列炬登岸,径上寺门,题诗二绝云:

> 日暮东塘正落潮,孤篷泊处雨潇潇。
> 疏钟夜火寒山寺,记过吴枫第几桥。

> 枫叶萧萧水驿空,离居千里怅难同。
> 十年旧约江南梦,独听寒山半夜钟。

题罢,掷笔而去,一时以为狂。

旧时诗人词客,都受了张继一诗的影响,每咏寒山寺,总得牵及那钟,如宋代孙觌《过枫桥寺》云:

> 白首重来一梦中,青山不改旧时容。
> 乌啼月落桥边寺,欹枕遥闻半夜钟。

清代胡会恩《送春词》云:

> 画屧苍苔陌上踪,一春心事怨吴侬。

晓风欲倩游丝绾,愁杀寒山寺里钟。

词如宋琬《长相思·吴门夜泊》云：

大江东,五湖东。地主今无皋伯通,谁人许赁春。

听来鸿,送归鸿。夜雨霏霏舴艋中,寒山寺里钟。

赵怀玉《蝶恋花·吴门纪别》云：

才得清尊良夜共,醉不成欢,却被离愁中。多谢故人争踏冻,霜天也抵花潭送。

别语无多眠食重,隔个城儿,各做相思梦。篷背月窥衾独拥,寒山寺又钟催动。

可是寒山寺中,并没有张诗的真迹,旧有诗碑,是明代文徵明所写,因年久模糊,后由俞曲园重写勒石,至今尚存。

一九五四年十月,苏州市园林修整委员会鉴于寒山寺的日就颓废,鸠工重修,我也是参加设计的一员;动工三月余,面目一新,可惜原有的枫江楼没有修复,引为憾事!幸而后来将城内修仙巷宋氏捐献的一座花篮楼移建寺中,仍可登临远眺,差强人意。春节开放以来,游人络绎不绝,钟楼上钟声铛铛,也几乎终日不断了。

## 杏花春雨江南

每逢杏花开放时,江南一带,往往春雨绵绵,老是不肯放晴。记不得从前是哪一位词人,曾有"杏花春雨江南"之句,这三个名词拆开来十分平凡,而连在一起,顿觉隽妙可喜,不再厌恶春雨之杀风景了。又宋代诗人陈简斋句云"客子光阴诗卷里,杏花消息雨声中",足证雨与杏花,竟结了不解之缘,彼此是分不开的。我的园子里有一株大杏树,高二丈外,结实很大,作火黄色;另一株高一丈余,结实较小,色也较淡,而味儿都很甘美。所可惜的,每逢含苞未放时,就遭到了绵绵春雨,落英缤纷,我自恨护花无术,徒唤奈何而已!

去年初夏,我于西隅凤来仪室上起了一座小楼,名"花延年阁",凭窗东望,可见那大杏树烂漫着花。今春多雨,我常在楼头听雨,因此记起我们的爱国诗人陆放翁,曾有"小楼一夜听春雨,深巷明朝卖杏花"之句,自有佳致。可是苏州卖花人,只有卖玫瑰花、白兰花、茉莉花的,卖杏花的却绝对没有。

唐明皇游别殿,见柳杏含苞欲吐,叹息道:"对此景物,不可不与判断。"因命高力士取了羯鼓来,临轩敲击,并奏一曲,名《春光好》,回头一看,柳杏都放了。他得意地说道:"只此一事,我能不能唤作天公啊?"开元中叶,扬州太平园中,有杏树数十株,每逢盛开时,太守大张筵席,召娼妓数十人,站在每一株杏树旁,立一馆,名曰"争春",宴罢夜阑,有人听得杏花有叹息之声。又宋祁咏杏,有"红杏枝头春意闹"之句,一"闹"字下得好,传诵一时,人们便称之为"红杏尚书"。

咏杏的诗颇多佳作,如王禹偁云:

长愁风雨暗离披,醉绕吟看得几时。
只有流莺偏称意,夜来偷宿最繁枝。

元好问云:

> 杏花墙外一枝横,半面宫妆出晓晴。
> 看尽春风不回首,宝儿元是太憨生。

黄蛟起云:

> 烟波影里画船轻,尺五斜辉拥树明。
> 马上销魂禁不得,杏花山店一声莺。

此外,如"借问酒家何处有,牧童遥指杏花村""金勒马嘶芳草地,玉楼人醉杏花天""春色满园关不住,一枝红杏出墙来"等,都是有关杏花的名句,传诵至今,杏花真是花国中的幸运儿了。

清初李笠翁的《闲情偶寄》中说杏云:

> 种杏不实者,以处子常系之裙系树上,便结子累累;予初不信,而试之果然。是树性喜淫者,莫过于杏,予尝名为风流树。噫!树木何取于人,人何亲于树木,而契爱若此;动乎情也,情能动物,况于人乎?其必宜于处子之裙者,以情贵乎专;已字人者,情有

所分而不聚也。予谓此法既验于杏,亦可推而广之;凡树木之不实者,皆当系以美女之裳,即男子之不能诞育者,亦当衣以佳人之裤;盖世间慕女色而爱处子,可以情感而使之动者,岂止一杏而已哉?

这一番怪论,可说是荒谬绝伦,是唯心论的代表作;笠翁自作聪明,才会有这种不科学的论调,真的要笑倒米丘林了。

杭州西湖的西泠桥附近,旧有一家酒食店,名"杏花村",门前挑出一个蓝色的小布幡,临风飘拂,很有画意,可惜早已歇业了。

# 寄畅园剪影

无锡的园林,如荣氏的梅园和锦园、杨氏的鼋头渚、王氏的蠡园、陈氏的渔庄等,全是崭新的,唯一的古园要算寄畅园了。园在惠山寺左,明代正德年间,秦端敏公金置,引涧泉作池,声若风雨,前后二百余年,虽屡次易主,却并未易姓,仍为秦氏后人所有。清代顺治年间,翰林秦松龄(留仙)主此园,与当代名流吴梅村、姜西溟、严荪友等时常赋诗唱和,梅村曾有《秦留仙寄畅园三咏》之作,《山池塔影》云:

黛色常疑雨,溪堂正早秋。
乱山来众响,倒影漾中流。
似有一帆至,何因半塔留。
眼前通妙理,斜日在峰头。

《惠井支泉》云：

> 石断源何处，涓涓树底生。
> 遇风流乍急，入夜响尤清。
> 枕可穿云听，茶频带月烹。
> 只因愁水递，到此暂逃名。

《宛转桥》云：

> 斜月挂银河，虹桥乐事多。
> 花欹当曲槛，石碍折层波。
> 客子沈吟去，佳人窈窕过。
> 玉箫知此意，宛转采莲歌。

此外，又有一班词客，在园中集会填词，陈其年曾有《秦对岩携具寄畅园举填词第三集》一词，调寄《醉乡春》云：

> 银甲闹时偏悄，绿水昏时胜晓。双粲枕，百娇壶，好景世间都少。

人对烛花微笑,袖向蘋风轻召。玉山倒,脸波横,酒痕一点红窝小。

当时园中光景,读了这些诗词,可见一斑。

二十余年前,我与天虚我生陈栩园丈初游寄畅园,就有好感;但见一株株的古树参天,老翠欲滴,园心有池一泓,种着莲花,红裳翠盖间,游鱼可数。我们坐在知鱼槛阑干边啜茗,大吃四角菱,津津有味。对岸沿池有二古树,同根相连,枝叶四布,好似张了一个油碧的天幕。栩园丈说:"这就是连理树;我往年咏之以诗,曾有'四百年前连理树,夜游应忆旧红妆'之句;因为我看了这一株有情的树,就不知不觉地想起林黛玉、崔莺莺一类的多情女子来了。"诗人们的心,往往会想入非非的。池的一隅,有一株很粗的紫藤,绕在古树上,像龙一般蜿蜒地盘上去,大约也有数百年的高寿了。

今春无锡市钱锺汉副市长来苏相访时,我曾对他说:"寄畅园是无锡唯一的古园,整修时必须特别郑重,非保持它固有的风格不可。"这一次我到了园中,见那一株连理树矫健如故,那一株老紫藤也依然无恙,那一块美人石也仍在原处,石身苗条,真像一位林黛玉型的美人一样;可是被一株紫藤蒙络着,几乎瞧不出那窈窕的腰身了,还该好好地修剪一下才是。我们建议此园最好恢复它的旧面目,可将新堆的假山和圆洞门全部拆除,把蓉湖公园中搁在地上投闲置散的几块大型旧湖石搬运过来,再尽力搜罗一些较小的湖石,请名手重行布置,才不负这无锡唯一的古园。

## 羊城花木四时春

莺啼彻晓,客梦醒来早。花地花天春不老,茉莉珠兰都好。

白云缭绕高峰,分明管领南溟。信是得天独厚,四时长见青葱。

这是我于一九五九年游广州市后,用毛主席原韵写就的一首《清平乐》词,表达我热爱广州的一片微忱。

我对于羊城一向有特殊的好感,数十年来,简直是梦寐系之。这一年春间,前市长朱光同志光临苏州,也光临了小园,握手言欢,一见如故,并承以一游羊城见邀,热情得很!于是我就在四月里蔷薇处处开的时节,独个儿欢天喜地赶去了。到了羊城之后,徜徉六天,收获不小,游踪所至,遍及园林和有名的"花地",到处是绿油油的树木，仿佛掉入了绿色的海洋；在黄花岗、红花岗烈士陵园里，追念先烈们可歌可泣的业绩，不觉油然而生"生的伟大，死的光荣"的感想。其他如越秀公园的秀色、文化公园的情调，都给与我一个轻松愉快的印象。除了游园之外，我又访问了花地的鹤岗人民公社，在这个茉莉、白兰、珠兰的家乡，到处是香喷喷的花卉，更使我悦目赏心，流连忘返。

寝馈盆景三十年，如醉如痴，又怎能忘情于羊城夙有盛名的盆景呢？感谢那十多位制作盆景的专家，特地在文化公园为我举行了一个小型展览会，给我欣赏了他们的好多精品，彼此又交流了经验。在这里几案上所展出的，全都取法自然，师承造化，看了别处那种矫揉造作的盆景，就觉得卑卑不足道了。就中有一位七十多岁的陈彦名医师，老而弥健，伴同我到他府上去观光，上百个盆景，分列在两个晒台上，满目琳琅，我最爱那几盆老干的野杜鹃，红花灼灼，灿烂照眼，自有一种吸引人的魅力。

正在那"鞠有黄华"的时节，喜见新雁过天际，带得尺一书来，原来是陈老医师给我报道羊城花讯来了。在他老人家的信中，得知羊城的菊花，以每年十一月中旬至十二月上旬为全盛时期,但是迟植的,仍可继续开花,一直推迟到农历四月最后一种叫做"四月黄"为止。一年之间,大约有半年以上的时间,都有菊花可赏,并不局限于秋季;陶渊明一灵不昧,也该慨叹着古不如今了。

　　我平日虽是迷恋盆景,可是对于一般花草果木,也无所不爱,那么我又怎能忘情于年年除夕盛极一时的羊城花市呢?据说这一晚万人空巷,都要一游花市,直到次晨二时才散。他们不吝解囊,买些心爱的花草回去,作为岁朝清供。冬季应时的梅花、水仙等,花市上当然应有尽有;而春、夏、秋三季的名花,如碧桃、海棠、牡丹、芍药、大丽、鸡冠、桂、菊等,也联翩上市。果子如柑、橘、橙、金橘等,也满树硕果累累,使人垂涎。这正证实了我这一句"羊城花木四时春"的歌颂,确是不折不扣的。南望羊城,神驰千里。羊城,羊城,您真是一个园艺工作者的乐园啊!我于健羡之余,禁不住要手舞足蹈地高唱起来道:"信是得天独厚,四时长见青葱!"

# 千红万紫盈花市

千红万紫盈花市,尽是新春跃进花。

修到年年花里活,白云山下好为家。

这一首诗,是我为了怀念广州一年一度的花市而作的。原来每年农历年终,广州总有一个迎接春节的花市,家家户户都要上花市买些心爱的花草果树回去,作新春的点缀。一时万头攒动,熙熙攘攘,真的是如登春台一般。

听说今年的花市,从小除夕午后二时开始,分别在越秀区、海珠区、东山区几条大路上举行,集中了全国各地的花草树木,例如山东菏泽的牡丹,福建漳州的水仙,上海的菖兰、仙客来、康乃馨等等,而郊区和各县人民公社的花农们,也大量供应梅花、碧桃、海棠、玫瑰、芍药、桂花,以及金橘、四季橘等果树,而为群众所喜爱的吊钟花,更有数万枝之多。这是一种南国特有的好花，花形像吊着的小钟一样，作粉红色，够多么的美啊！尤其使我艳羡的，要算是芍药，我们在这里好容易要盼望到谷雨节过牡丹谢后，才能看到它的娇姿，而广州花市上，竟有西施、金黄、大红、五彩、鸡蛋黄等二十余名种，已在那里争妍斗艳了。

除了广州的春节花市外，四川成都的花会，也是颇为有名的。今年农历二月，在城西南的青年宫举行的，是一个群众游春和展出花木物产的盛会，相传为唐宋二代以来花市的遗风。花农们在会上展出他们辛勤种植的各种花草，并交换品种，交流经验，是很有意义的。

我们苏州也有花市，每年总在农历四月十四日所谓吕纯阳生日举行；这一天有不少人都要到神仙庙所在的中市一带去买花，俗称"轧神仙"。过去所有郊区和城市中的花农、花贩，先二日就忙着把花草树木挑运前去，夹道陈列，任人选购，凡是春夏二季的花花草草，应有尽有。可惜近二年来，这花市已不大兴盛，我们要把它恢复起来才好。

# 迎春时节在羊城

二十年来,年年总是在苏州老家度春节,年年除夕,也总是合家团聚,要吃一顿所谓"团圆年夜饭"。膝前有了四个小女儿,老是缠绕不清,等于背上四个小包袱,更觉得家离不了我,我离不了家。一九六一年的严冬腊月,我却狠一狠心,抛下了家,千里迢迢赶到羊城来,自顾自地欢度春节。我生肖本来属羊,到了羊城,真是得其所哉;连四个小家伙常年老例的压岁钱也赖掉了。

小除夕刚从海南岛满载着五色缤纷的贝壳和石块飞回来,正在反复欣赏,如获至宝;却被《羊城晚报》记者俞敏同志拉去逛花市。我原是被花市像吸铁石般吸引来的,如今有了这识途老马,正中下怀,于是忙不迭地跟着就走。花市上的万紫千红,多半是旧相识,当然如见故人。只有那吊钟花却是新朋友,顿时一见倾心;横看竖看地看了好一会,才向它道了晚安辞别了。

第二天白天,觉得犹有余恋,因又呼朋啸侣,重逛花市;只见满街是人,满街是花,嫣红姹紫,斗艳争妍。我正觉得眼花缭乱口难言,呆住在人海花海中,却不料偏有一位摄影记者拉住了俞振飞同志要拍照,而振飞偏又拉住了我。于是来一个合作,随便从近旁竹架上捧起一盆多肉植物"粉玉莲"来,由我捧在手上,做了个共同欣赏的姿态,给收进了镜头。当下总算完成任务,双双逃出了重围,我暗暗地说一声再见,告别了花市。这晚就是大除夕,多承省委和省人大领导关怀我们这班他乡之客,特地邀请我们在宾馆的宴会厅上吃一顿团圆夜饭;一再地相互敬酒,一再地相互干杯。我醉酒饱德,兴会淋漓,醉眼蒙眬中,却蓦见我面前的名签上被错写了一个字,将"鹃"作"娟";料不到皤然一老,今晚上竟变做了婵娟,少不得要"翠袖殷勤捧玉钟"了。于是我伸手举起杯来,向主人们敬了酒,就忍着笑在那名签的背面写下了二十八字:

琼筵开处欢情畅,一样团圆在异乡。
六十七年如梦过,那知今夕变红妆。

合席传观之下,都禁不住笑了起来。

　　酒阑席散,还有晚会助兴,有的去舞厅参加交谊舞,有的去看电影《孙悟空三打白骨精》。我于三十年前,每逢岁时令节,虽曾逢场作戏跳过舞,现在却已成了不舞之鹤;心想还是去看看银幕上的孙悟空,消此良夜吧。谁知突然之间,却跑来了一位女同志,说是要拜师傅有所请教。我不知就里,正要动问,她却接下去说,刚才在花市上买了一个"满天星"盆景,大家听说出了代价二十五元,都吐一吐舌头;她不服气,因此要我去品评一下,究竟值不值?以后如何整姿,如何培养,更要多多请教。这位女同志是谁?原来是舞蹈专家戴爱莲同志。我义不容辞,合该效劳,就在口头上订下了师徒合同,把孙悟空撇下,去看满天星了。这满天星不是别的,在我们苏州叫做"六月雪"。每年夏秋二季开小白花,有单瓣、重瓣之别;又好在叶小而密,四时不凋。我打量这一株共有两干,高的一干粗如拇指,低的一干从根上抽出,像一个小指头,估上去已有二十多岁年纪,正是年少有为的时期。何况模样儿还不差,尽可加以改造;这代价也不算贵。当下略略说了说培养的方法,立即动手给它打扮起来。那只紫砂盆似乎深了一些,先就用小刀子铲去一层泥,把扭在一起的两个粗根给分了开来,随后又挖呀挖地从泥里挖出了另外两个根,使其轩豁呈露。接着再把上面几个枝条扎了一扎,分出高低疏密,这么一来就好看多了。我那高徒和几位旁观的同志都给我捧场,老是赞不绝口。我一时高兴,忙去拣了一块从海南岛带回来的白石,放在那小干的一旁,以作点缀,更觉相得益彰,分外可观。于是大功告成,兴辞而出。不料大除夕身在他乡,我这盆景迷仍有盆景儿玩,倒也是大有兴味大可纪念的一件事。

春节的早上,先就遇见了巴金同志,彼此照例贺过了年。却见他的夫人依人小鸟似的凑着他窃窃私语,似是为我而发。我心中一慌,忙问怎的,巴金同志就笑吟吟地提起了那首"那知今夕变红妆"的诗;原来昨晚上偶开玩笑,已被传开去了。只恨我这六十八岁的老头儿不能摇身一变,真的变作了红粉佳人,供大家作为欢度春节的笑料啊。

吃过了年糕、元宵和麻团,我就高高兴兴地和我们号称"八仙集团"的七位"仙侣"同往从化。一到宾馆,先就在碧绿澄清的温泉小浴池中下水一浴,洗尽了身上积垢,熙熙然如登春台。于是我们就在这山明水秀的人间仙境里共度春节。我的"仙侣"中有一位魏如同志特地作了一首诗,叫做《元日试笔》:

> 朝来花市满羊城,除夕先回大地春。
> 今日南人齐北向,欢呼主席祝长生。

我是无数南人中的一人,当然也要引领北向,一声声欢呼起来。

## 玉立竹森森

在千里冰封的北国地区，大家以为不容易栽活，竹子因此成为植物中稀罕的珍品；而在南方，竹子却是不足为奇的。听说首都过去也以种竹为难事，温室里连盆栽的竹子也没有。两年以前，郑振铎两度南下，光临苏州，见了我家许多竹子的小盆景，大为欣赏，说是有了盆栽一竿，就不需渭川千亩了。一九五八年秋，我应邀赴京参观园林，就带了一小盆观音竹和一盆悬崖形的小枸杞去送给他，他立时供在案头，高兴得什么似的。不料过了二十天，他不幸于旅途遇难；至今看到竹子，我还会想起那次最后的会见。

我在京期间，有一天曾往安儿胡同拜访黄任之先生。刚跨进门去，就瞧到庭中有两大丛竹子，分栽左右，竿挺叶茂，一碧如洗，白香山诗中所谓"玉立竹森森"，自是当之无愧。黄老也很得意地指着竹子对我说："你瞧，你瞧，我已栽活了这些竹子。你以为长得还算好吗?"我惊异之余，连说："好极好极！北京不能种竹的迷信思想，从此打破了。"后来我又在北京西郊动物园里看见许多竹子，虽长得并不高大茁壮，然而竹叶也很苍翠，据说是专供熊猫吃的。现在有了这两个活生生的例子，足见北方任是怎样天寒地冻，栽活竹子是不成问题的。因此，我曾建议新辟的公园紫竹院中，应该广栽紫竹，让它们处处成林，才可以名副其实。

竹子种类繁多，举不胜举，我的园子里就有哺鸡竹、佛肚竹、观音竹、凤尾竹、方竹、斑竹、紫竹、金镶碧玉竹等十种之多。除了一部分出笋可供食用外，多半是供观赏用的。我以为还须顾到经济价值，如粗大的毛竹可作器材，可供建筑之用；有的竹子可作药用，有治病救人之功。首都如果大量种竹，应该在这方面着眼。

# 新西湖

西湖之美,很难用笔墨描写,也很难用言语形容;只苏东坡诗中"欲把西湖比西子,淡妆浓抹总相宜"两句,差足尽其一二。我已十年不到西湖了,前年春季,忽然渴想西湖不已,竟见之于梦。记得明代张岱,因阔别西湖二十八载而作《西湖梦寻》一书,他说:"西湖无日不入吾梦中,而梦中之西湖,未尝一日别余也。"我与有同感,因作《西湖梦寻诗》三十首,其第一首云:

我是西湖旧宾客,春来那不梦西湖。
十年未见西湖面,还问西湖忆我无?

其他二十九首,简直把西湖所有的名胜全都梦游到了。

西湖之美,虽说很难用笔墨描写,但是也有描写得很

好的,如宋代于国宝《风入松》词和明代袁中郎《昭庆寺小记》,三十年前我就给这一词一文吸引到西湖去的。于词云:

> 一春常费买花钱,日日醉湖边。玉骢惯识西湖路,骄嘶过、估酒楼前。红杏香中箫鼓,绿杨影里秋千。
> 暖风十里丽人天,花压鬓云偏。画船载得春归去,余情付、湖水湖烟。明日重扶残醉,来寻陌上花钿。

袁记中有云:

> 山色如蛾,花光似颊,温风如酒,波纹若绫,才一举头,已不觉目酣神醉,此时欲下一语不得,大约如东阿王梦中初遇洛神时也。

这一词一文,一写动而一写静,各极其美,端的是不负西湖。

四月一日,因送章太炎先生的灵柩安葬于西湖南屏山下,总算和阔别了十年的西湖重又见面了。当我信步走到湖边的时候,止不住哼着我所喜爱的一首赵秋舲的《西湖曲》:"长桥长,断桥断。妾意深,郎情短。西湖湖水十分清,流出桃花波太软。"(调寄《花非花》)我一边哼,一边让两眼先来环游一下,觉得现在的西湖,已是一个新西湖了。环湖所有亭台楼阁,都是红红绿绿地焕然一新,虽觉这种鲜艳的色彩有些儿刺眼,然而非此似乎也不足以见其新啊。

我们一行六人,雇了一艘游艇泛湖去,预定作三小时之游;虽不住地下着雨,却并不减低了我们的游兴,反以一游雨湖为乐,昔人不是说晴湖不如雨湖吗?

先到三潭印月,这里因为亭榭和建筑物较多,所以红绿照眼,更觉得触处皆新,唯有那三潭却还保持它们的旧貌,因此记起我的那首梦寻诗来:

我是西湖旧宾客,每逢月夜梦三潭。
记曾看月垂杨下,月色溶溶碧水涵。

料想月夜的三潭,一定是名副其实的。

不久,我们又冒雨上了游艇,向西泠印社划去。四下里烟雨迷蒙,南高峰北高峰以及宝俶塔等全都失了踪,湖面上倒像只有我们的一叶扁舟了。西泠印社大部分保持它旧有的风格,布置不俗;小龙泓一带可以望到阮公墩,是最可流连的所在。我最欣赏那边几株悬崖形的老梅树,铁干虬枝,苍古可喜,如果缩小了种在盆子里,加以剪裁,可作案头清供。可惜来迟了些,梅花都已谢了,只有一二株送春梅,还是红若胭脂,似与桃花争艳。山下有堂,陈列着十圆、集圆等几盆名兰,而以素心荷瓣的雪香素为最;春兰的花时已过,这几盆大概是硕果仅存的了。堂左有一片空地,搭架张白布幔,陈列春兰、蕙兰、建兰等千余盆,真是洋洋大观,见所未见。料知早一些来赶上春兰的全盛时期,定然幽香四溢,令人如入众香国哩。听说管领这许多兰花的,名诸友仁,是一位艺兰专家,已有数十年的经验。

西湖胜处太多了,来不及一一遍游,我们却看上了虎跑,第二天早上便冒雨向虎跑进发。一行七人,除了我夫妇二人外,有汪旭初、谢孝思、范烟桥诸君,一路上谈笑风生,逸情云上。虎跑的泉水清冽可爱,记得往年在这里品茗,曾用七八个铜子放在杯子里,水虽高出杯口,却并不外溢,足见水质之厚了。我们在泉畔喝龙井茶,津津有味,一连喝了好几杯,竟如牛饮。因为连日下雨,涧泉水涨,从乱石间倾泻而下,琤琮可听。下山时我就胡诌了一首打油诗:

听水听风不费钱,杏花春雨自绵绵。
狮峰龙井闲闲啜,一肚皮装虎跑泉。

第二个胜处,我们就看上了苏堤,这一条苏堤起南迄北,横截湖中,为苏东坡守杭时所筑。中有六桥,一曰映波,二曰锁澜,三曰望山,四曰压堤,五曰东浦,六曰跨虹。全堤长约八里,夹堤都种桃柳,苏堤春晓时,的是一片好景。

我们先从映波桥畔的花港观鱼游起。这儿现在已辟作杭州市公园,拓地二三百亩,布置得楚楚可观,一带用刺杉木做成的走廊和两座伸出湖滩的竹亭,朴雅可喜。有三株垂丝海棠,开得十分娇艳,此时此际,不须"高烧银烛照红妆"了。一个方形的池子里,红鱼无数,唼喋有声。我虽非鱼,也知鱼乐,在池边小立观赏,恰符花港观鱼之实。

踏上映波桥,见桥身已新修,栏作浅碧色,似是水泥所制,柱头狮子雕刻很精,疑是旧制。后问邵裴子先生,才知六桥全是用安徽的茶园石建成,而雕刻也全是新的,这成绩实在太好了。我们边走边赏两面的湖光山色,并欣赏那夹堤拂水的一株株垂柳。可是雨丝风片,老是无休无歇,我就借范烟桥来作了一首打油诗:

招邀俊侣踏苏堤,杨柳条条万绿齐。
只恨朝来风雨恶,范烟桥上瘦鹃啼。

烟桥他们听了,都不由得笑起来。我更打趣道:"今天除了堤上原有的六条桥外,又从苏州搬到一条桥了。"

走过了第三条望山桥,便见湖面一座红色的小亭子里,立着一块"苏堤春晓"的碑,微闻杨柳丛中鸟声啁啾,活活的是春晓情景。远望刘庄一带白墙黑瓦,还保持它旧有的风格,与湖山的景色很为调和。从第一桥到第五桥这一段,实在是苏堤最美的所在,碧水青山绿杨柳,一一奔凑眼底,美不可言。我还是破题儿第一遭走完这条苏堤,真觉得是一种莫大的享受,虽走了八里多路,也乐而忘倦了。

"峰从何处飞来?""泉自几时冷起?"这是前人对于飞来峰和冷泉的问句。当即有人答道:"峰从飞处飞来,泉自冷时冷起。"答如不答,很为玄妙,给我三十年来牢牢地记在心头,不能忘怀;而对于这灵隐的两个名胜,也就起了特殊的好感。于是我们在楼外楼醉饱之后,就向灵隐进发,大家虎虎有生气。

一下汽车,立刻赶到飞来峰一线天那里,峰石上绣满苔藓,经了雨,青翠欲滴。进洞后,仰望一线天,只如鹅眼钱么大,微微地透着光亮,若隐若现。出了洞,沿着石壁转进,又进了几个洞,彼此通连,好像在一座大厦里,由前厅进后厅,由右厢进左厢一般。往年我似乎没有到过这里,据说一部分还是近二年挖去了淤塞的泥土而沟通的。这一带奇峰怪石,目不暇接;我和孝思俩边走边欣赏边赞叹,不肯放过一峰一石,觉得湖石所堆叠的假山,真是卑卑不足道了。

对于飞来峰的评价,以明代张宗子和袁中郎两篇小记中所说的最为精当。张记有云:

> 飞来峰棱层剔透,嵌空玲珑,是米颠袖中一块奇石,使有石癖者见之,必具袍笏下拜,不敢以称谓简亵,只以石丈呼之地。

袁记有云:

> 湖上诸峰,当以飞来峰为第一。峰石逾数十丈,而苍翠玉立。渴虎奔猊,不足为其怒也。神呼鬼立,不足为其怪也。秋水暮烟,不足为其色也。颠书吴画,不足为其变幻诘曲也。

二人对于飞来峰的倾倒,真的是情见乎词。袁又有戏题飞来峰诗二首云:

> 试问飞来峰,未飞在何处。
> 人世多少尘,何事飞不去。

高古而鲜妍,杨班不能赋。

白玉簇其颠,青莲借其色。
惟有虚空心,一片描不得。
平生梅道人,丹青如不识。

高古而鲜妍,自是飞来峰的评价,无怪杨班不能赋,梅道人描不得了。峰峦尽处,有一大片竹林,在雨中更见青翠,真有万竿烟雨之妙。我们走到中间,流连了好一会,竹翠四匝,衣袂也似乎染绿了。

走过红红绿绿的春淙亭,视若无睹,直向冷泉亭赶去;那泉水轰轰之声,早在欢迎我们了。我在泉边大石上坐了下来,看那一匹白练,从无数乱石之间夺路下泻,沸喊作声,古人曾说"此水声带金石,已先作歌舞声矣",比喻更为隽妙。唐代白乐天对冷泉也有很高的评价,他说:

山树为盖,岩谷为屏。云从栋出,水与阶平。坐而玩之,可濯足于床下;卧而狎之,可垂钓于枕上。潺湲洁澈,甘粹柔滑,眼目之嚣,心舌之垢,不待盥涤,见辄除去。

我在这里坐了半小时,真觉得俗尘万斛,全都涤尽了,因口占一绝句:

> 桃李恹恹春寂寂,风风雨雨做清明。
> 何如笠屐来灵隐,领略幽泉泻玉声。

一九五六年四月

· 01 ·

# 百花生日

百花生日又称花朝,日期倒有三个:宋时洛阳风俗以二月二日为花朝节,又为挑菜节;东京以二月十二日为花朝,作扑蝶会;成都以二月十五日为花朝,也有扑蝶会。昔人以挑菜、扑蝶点缀花朝,事实上这时期蝴蝶绝无仅有,不知怎样作扑蝶会的。挑菜倒大有可为,如荠菜、马兰头等,都可挑来做菜,鲜嫩可口,不过现在早已没有挑菜节这个名目了。总之,花朝在二月,是肯定的;正如汉张衡《归田赋》所谓"仲春令月,时和气清,原隰郁茂,百草滋荣"。百草既已滋荣,百花也萌芽起来,称花朝为百花生日,也是很恰当的。

苏州风俗,一向以农历二月十二日为花朝。女郎们剪了五色彩缯黏花枝上,称为"赏红";现在可简化了,不用彩缯而用红纸,又做了三角形的小红旗插在花盆里,为

花祝寿。从前虎丘花神庙中,还要献牲击乐,以祝花诞。清代蔡云《吴歈》所谓:

百花生日是良辰,未到花朝一半春。
红紫万千披锦绣,尚劳点缀贺花神。

此诗就是专咏这回事的。虎丘花神庙有一联很为工妙:"一百八记钟声,唤起万家春梦;二十四番风信,吹香七里山塘。"不知是何人手笔?

唐代武则天于花朝日游园,令宫女采了百花,和米捣碎,蒸成了糕,赐予从臣。宋代制度,花朝日守土官必须到郊外去察看农事。明代宣德二年,御制花朝诗,赐尚书裴本。这些故事,都可作花朝谈助。

我于每年花朝前后梅花怒放时,例必邀知友八九人作酒会或茶会,一面赏梅,一面也算为百花祝寿,总是兴高采烈的。只记得当年日寇侵入苏州后的第二年,我局促地住在上海一角小楼中,花朝日恰逢大雨,而心境又很恶劣,曾以一绝句寄慨云:

夭桃沐雨如沾泪，弱柳梳风带恨飘。

燕子不来帘箔静，百无聊赖是今朝。

那年节令较早，所以花朝日桃花已开放了。

任何人逢到自己的生日，总是希望这一天是日暖风和的；花朝是百花的生日，更非日暖风和不可，下了雨，可就把花盆里的红纸旗都打坏了。清末诗人樊樊山有《花朝喜晴》一诗云：

准备芳辰荐寿杯，南山佳气入楼台。

鹊如漆吏荒唐语，花为三郎烂漫开。

甚欲挽留佳日住，都曾经历苦寒来。

晚霞幽草皆颜色，天意分明莫浪猜。

第五、六句很有意义。

词中咏花朝的，我最爱清代画家兼词人改七芗有一阕《菩萨蛮》云：

晓寒如水莺如织，苔香软印沙棠屐。幡影小红阑,销魂似去年。

春人开笑口,低祝花同寿。花语记分明,百花同日生。

又董舜民《蝶恋花·花朝和内》云:

屈指春光将过半,又是花朝,花信春莺唤。情绪繁花花影乱,护花花下将花看。

拈花笑倩如花伴,细读花间,花也应肠断。花落花开花事换,编成花史山妻管。

词中共有十五个花字,用以歌咏百花生日,确是很适合的。

## 插花

好花生在树上,只可远赏,而供之案头,便可近玩;于是我们就从树上摘了下来,插在瓶子里,以作案头清供,虽只二三天的时间,也尽够作眼皮儿供养了。说起瓶子,正如今人所谓丰富多彩,各各不同,质地有瓷、铜、玉、石、砖、陶之分,式样有方圆、大小、高矮之别。这还不过是大纲而已;若论细则,那非写一部专书不可。单以瓷瓶而论,就有什么官窑、哥窑、柴窑、钧窑、郎窑、定窑等等名目,式样之五花八门,更不用说;铜器又有什么觚、尊、罍、觯等等名目,就是依着它们的式样而定名的。其他玉、石、砖、陶用处较少,也可偶尔一用,比较起来还是用陶质的坛或韩瓶等等插花最为相宜,坛口大,可插多枝或多种的花,如果是三五枝花,那么用小口的韩瓶就得了。安吉名画家吴昌硕先生每画折枝花,喜画陶坛和韩瓶,瞧上去自觉古雅。

插花虽小道,而对于器具却不可随便乱用,明代袁中郎的《瓶史》中曾说:

> 养花瓶亦须精良,譬如玉环飞燕,不可置之茅茨;又如嵇阮贺李,不可请之酒食店中。尝见江南人家所藏旧觚,青翠入骨,砂斑垤起,可谓花之金屋,其次官哥象定等窑,细媚滋润,皆花神之精舍也。

据他的看法,大概插花还是以铜瓶为上,所以有"青翠入骨,砂斑垤起"之说,而瓷瓶次之,即使是名窑,也不得不屈居其下;但我以为也不可一概而论,譬如粗枝大叶的花,分量较重,插在瓷瓶中易于翻倒,自以铜瓶为妥善。记得去秋苏州怡园开幕时,我举行盆栽瓶供个人展览会,曾用一个古铜瓶插一枝悬崖的枇杷花,枝干很粗,主体一枝,另一枝斜下作悬崖形,而叶子十多片,每片好似小儿的手掌般大,倘用瓷瓶或陶瓶来插,定然不胜负担,因此不得不借重铜瓶了。今年元宵节,我从梅邱的一株铁骨红梅树上,折了一枝粗干下来,也插在一个古铜瓶中,不但觉得举重若轻,而且色彩也很调和,红艳艳的梅花衬托着黑黝黝的瓶身,自有相得益彰之妙。这一夜供在爱莲堂中,与灯光月色相映,真的赏心悦目,美不可言。

铜瓶蓄水插花,可免严冬冻裂之弊,据说出土的古铜瓶,因年深月久地受了土气,插花更好,花光鲜艳,如在枝头一样,并且开得快而谢得慢,延长了寿命;结果子的花枝,还能在瓶里结出果子来,可是我没有亲见,不敢轻信。瓷瓶插花,自比铜瓶漂亮,但是严冬容易冰碎,未免美中不足,必须特制锡胆,或则利用竹管,更是惠而不费,否则在水中放些硫磺,也可免冻。

插花不可太多,以三枝或五枝最为得当,并且不可太齐,应当有高有低,也应当有疏有密。瓶口小的,自是容易插好,要是瓶口太大,那么李笠翁《闲情偶寄》中发明"撒"之一物,说是以坚木为之,大小其形,不拘一格,其中或扁或方,或为三角,但须圆形其外,以便合瓶。我以为此法还是太费;不如剪一根树枝,横拴在瓶口以内,或多用一根,作十字形,那么插了花可以稳定,不会动摇了。

## 再谈插花

袁宏道中郎,是明代小品文大家,世称"公安派",颇为有名,他平日喜以瓶养花,对于瓶花的热爱,常在诗歌和文章中无意流露出来。他所作的《瓶史》,就是专谈此道的,他的小引中说:

> 幸而身居隐见之间,世间可趋可争者既不到,余遂欲欹笠高岩,濯缨流水,又为卑官所绊;仅有栽花莳竹一事,可以自乐,而邸居湫隘,迁徙无常,不得已乃以胆瓶置花,随时插换。京师人家所有名卉,一旦遂为余案头物,无扦剔浇顿之苦,而有赏咏之乐,取者不贪,遇者不争,是可述也。

他那插瓶花的旨趣是如此。

《瓶史》全文不过三千多字,分作十二节,一为花目,二为品第,三为器具,四为择水,五为宜称,六为屏俗,七为花祟,八为洗沐,九为使令,十为好事,十一为清赏,十二为监戒。我先后读了两遍,觉得他似乎在卖弄笔墨,切合实际的地方实在不多,譬如洗沐一节,就是在花上喷水,这是很简单的一回事,什么人都干得了的;而他老人家偏偏郑重其事,还指定什么花要什么人去给它洗浴,他这样地写着:

> 浴之之法,用泉甘而清者,细微浇注,如微雨解醒,清露润甲,不可以手触花,及指尖折剔,亦不可付之庸奴猥婢。浴梅宜隐士,浴海棠宜韵致客,浴牡丹、芍药宜靓妆妙女,浴榴宜艳色婢,浴木犀宜清慧儿,浴莲宜娇媚妾,浴菊宜好古而奇者,浴蜡梅宜清瘦僧。

试想喷一枝瓶子里的花,要这样地严于人选,岂不是太费事了么?又如使令一节:

> 花之有使令，犹中宫之有嫔御，闺房之有妾媵也。夫山花草卉，妖艳实多，弄烟惹雨，亦是便嬖，恶可少哉？梅花以迎春、瑞香、山茶为婢，海棠以蘋婆、林檎、丁香为婢，牡丹以玫瑰、蔷薇、木香为婢，[芍药以莺粟、蜀葵为婢，]石榴以紫薇、大红千叶、木槿为婢，莲花以山矾、玉簪为婢，木犀以芙蓉为婢，菊以黄白山茶、秋海棠为婢，蜡梅以水仙为婢。

同是一枝花，偏要给它们分出谁主谁婢，实在是一种封建思想在作怪，不知道他是用什么看法分出来的？那些被派为婢子的花，如果是有知觉的话，也许要对他提出抗议来吧？

中国古籍中关于插花的，似乎只有《瓶史》一种，自是难能可贵，其中如"品第""器具""择水""宜称""好事"诸节，自有见地，所以此书传到日本，日本人对于插花向有研究，就当作教科书读；甚至别创一派，名"宏道流"，表示推重之意。中郎品第花枝，十分严格，非名花不插，如牡丹必须黄楼子、绿蝴蝶、舞青猊；芍药必须冠群芳、御衣黄、宝妆成；梅花必须重叶绿萼、玉蝶、百叶缃梅。我以为插花不比盆栽,选择无妨从宽,一年四季,什么花都可采用,或重其色,或重其香,或则有色有香,当然更好。不过器具却要选择得当,色彩也要互相衬托,对于枝叶的修剪,花朵的安排,必须特别注意,如果插得好,那么即使是闲花凡卉,也一样是足供欣赏的。

插花的器具,不一定单用铜、瓷、陶等瓶樽,就是安放水石的盘子或失了盖的紫砂旧茶壶等,也大可利用。我曾在一个乾隆白建窑的浅水盘中,放了一只铅质的花插,插上一枝半悬崖的朱砂红梅,旁置灵璧拳石一块,书带草一丛(用以掩蔽花插),自饶画意。又曾在一只陈曼生的旧砂壶中,插一枝黄菊花,花只三朵,姿态自然,再加上一小串猩红的枸杞子作为陪衬,有一位老画师见了,就说:"这分明是一幅活色生香的徐青藤的画啊!"

# 献花迎新

## （一）

我要向一九六一年献花。以一片至诚欢迎它的光临！欢迎前途光明、大有希望的新的一年！

我要献的第一种花是蜡梅。因为它开得最早，这几天已绽开了那黄蜡似的花瓣，吐出了那兰麝似的花香，倒像是故意抢先来迎接新年似的。

纤秾娇小的迎春花，是我所要奉献的第二种花。借重迎春花来迎接新年，实在是最最合适的。迎春是一种落叶小灌木，枝条柔软，略作方形，长可达二三尺，像垂柳般迎风飘拂，袅娜多姿。它从枝节间发叶，每三小片合为一组，组组对生。入冬含苞，春前先放，花朵单瓣六裂，一朵朵好像小喇叭，含苞时略带红晕，开放后作鹅黄色，长条上开着黄花,因此别名"金腰带"。宋人赵师侠的《清平乐》说"乞与黄金腰带,压持红紫纷纷",就是由此而来的。

红色原为我国传统的吉祥颜色,为人人所喜爱,岁时令节的一切装饰,非红不可。而十一年来,全国高高举起红旗,万物欣欣向荣,国运蒸蒸日上,更觉得红色真是一种大吉祥的好颜色了。我要献与一九六一年的第三种花是什么花呢?想呀想的,我想非红艳夺目的一品红不可。一品红别名猩猩木,俗称象牙红,原产在热带地区,因此必须在温室中栽培。叶作碧绿色,花瓣先作绿色,然后渐渐泛红,非常鲜艳。花形十分特殊,与叶片一般无二,是叶是花,迷离莫辨。枝条易长,种在盆子里不太美观,还是等到那花朵开到八九分时,剪下来作为瓶供,用白瓷长形胆瓶,娇滴滴越显红白。枝条剪断时,见有白色的乳汁分泌出来,必须放在火上烧焦二三寸,方可插瓶。只因它生于热带,天性怕冷,所以供养案头时,室内要保持相当温度,如果一受冰冻,花叶立刻萎缩,那就大为不美了。于是我不由得想到珠江之畔的羊城,山温水暖,四时皆春,真是一品红的一个大好乐园。羊城啊,我连带为您祝福,祝您不断地前进!

献上了红的花,就又想起了许多红的子,它们都可作新年献礼之用。譬如那几个和我的菊花盆供做伴两月的枸杞盆景,旧时早就有"杞菊延年"的美称,那一颗颗红玛瑙似的杞子,是多么的鲜艳!还有那两盆老而弥健的百年老干鸟不宿,正有无数缀在绿叶丛中的红子,每一颗都像是精圆的珊瑚珠,又是多么的美妙!说起了红色的果实,我又怎能忘情于那株盆植的老橘树,年年总要结十多个滚圆的橘子,由青衣而换上黄衣,最后才换上了漂亮的红衣,喜滋滋地来迎接新年!这一回当然也少不了它。这个献礼的阵容业已形成。此外,我还要召集千年红啊,万年青啊,吉祥草啊,这班卉族弟兄,它们都是吉祥的象征。

## (二)

崭新的一九六二年又来临了。我一面掬着一片至诚,欢迎它的光降;一面又怀着无穷的希望,要看它这一年间更好更大的成就:不用说,这又是奋勇前进的一年,只见红旗招展大地,更显得光彩焕发。我爱花如命,当然要把花来迎接这新的一年。

梅花虽说开在百花之先，但还含蕊未放，赶不上来。只有蜡梅开得较早，倒像是有意抢先来迎接新年。这半个月来，已绽开了那片片黄蜡似的花瓣，吐出了一阵阵兰麝似的花香，真讨人欢喜。我家有一个年过花甲的蜡梅盆景，树干已枯到脱皮露骨，而生命力还是很强，年年着花，磬口素心，自是此中名种。元代诗人耶律楚材咏蜡梅诗，曾有"枝横碧玉天然瘦，蕾破黄金分外香"之句，移赠于它，当之无愧。今冬着花更多，正可借重它来迎新。爱莲堂外走廊之下，又有地植的双干老蜡梅一株，着花满树，这几天已陆续开放，也是磬口素心，清香四溢。我特地挖了旁生的一小株种在一个椭圆形的白陶盆里，再加上一株小松、一丛细竹，等不及春梅开放，就先让它们结成岁寒三友，而作为迎新清供。

可是蜡梅却另有一位亲密的朋友，岁尾年头总是厮守在一起的，那就是天竹。绿叶青枝，离披有致，再加上一串串鲜艳的红子，更觉得丰神楚楚。我家所有天竹，像是散兵线般分植在园中各处，共有一百多株，就中以号称"狐尾"的一种，最为美观，红子茂密，下悬如狐尾，长达尺许。老干的盆景，也有好几个，有一盆结了三串，正可跟那老干的蜡梅盆景携手合作,一同作为迎新的代表。此外还有紫色的灵芝、红子的枸杞、满身通红的北瓜,也可参加迎新的行列,作为吉祥的象征。

除了这些大红大紫的伙伴以外,可又有一个朝气蓬勃的小伙子赶上来了,那就是别号"金腰带"的迎春花,它倒是年年老例,从不落后,总要凑凑热闹,挤进迎新的行列。它那美好的名字,比谁都有带头迎新的资格;何况它那身鹅黄色的新装,又恰好跟蜡梅花那一套蜡黄的道袍互相辉映。

单单看了这么一个迎新的行列,似乎已算得上丰富多彩的了;然而还有好多种迟开的菊花,也不肯示弱,年年总要参加迎新,依然是老当益壮的样子。我曾经有过这样一首夸奖它们的诗:

菊残犹有傲霜枝,未减清秋绰约姿。
我为琼葩添寿算,看它开到岁朝时。

因此在这欢迎一九六二年元旦的花木行列中,我家仍有十多盆精神抖擞的菊花,形形色色,缤缤纷纷,开着斑斑斓斓的花朵，不让蜡梅、天竹、迎春它们专美于前，就中如"草上霜""绿托桂""紫玉盘""御袍黄""梨香菊""金波涌翠""二乔""墨荷""白玉钩""秋光夜月""四海飘香""八宝珠环""搓脂滴粉"，还加上了那些红、白、黄各色的小菊花，都展开笑靥，争妍斗艳地迎接这崭新的一九六二年哩。

欢迎，欢迎，一九六二年！我们这里打扮就绪，万事齐备，只恭候着您大驾光临了。

# 不依时节乱开花

今年的天气十分奇怪,春夏二季兀自多雨,人人盼望天晴,总是失望,晴了一二天,又下雨了;到了秋季,兀自天晴,差不多连晴了两个月,难得下一些小雨,园林里已觉苦旱,田中农作物恐怕也在渴望甘霖了。瞧来天公也在闹别扭,你要晴,它偏偏下雨,你要雨,它偏偏放晴,倒像故意跟人开玩笑似的。因了这天气的不正常,有些花木也一反常态,竟不依时节乱开花了。莲花本来在夏季开的,而过了农历六月二十四日所谓莲花生日,还是不见开花,直到牛女双星渡河之后,才陆陆续续地开起来。桂花总在中秋左右开的,而今年却宣告延期,直到重阳节边,才让人看到了垂垂金粟,闻到了拂拂浓香。菊有黄花,向来总在重阳节边,而今年也延迟了一月,期待着持螯赏菊的朋友们,真有望穿秋水之感了。

最奇怪的,我园子里有一株盆栽的小梅树,忽在重阳前二天开了一朵花,开始时先见六片圆形绿叶组成的一个萼,中间拥一点红心,过了三天,红心渐渐放大,绿萼渐渐翻向后面,再过二天,红心更大了,现出花瓣的模样来,色彩很为鲜艳,有些像朱砂红。到了明天,五片花瓣完全开好,色彩也渐渐淡下去,足足开了两天,居然有色有香,旁枝上还有一个小小的花蕊,只因在爱莲堂中连供了七天,等不及开花就脱落了。本来古人诗中有"十月先开岭上梅"之句,这岭是指的大庾岭,地在南方,并且是种在山上的,当然是易于开花,而现在还在农历九月,又是盆栽的一株小梅树,竟抢先地开了花,而其余的几十盆却一动都不动,真是可怪了。

然而这种奇迹,古已有之,如清代康熙年间词人陈其年,曾见一株老梅树枯而复活,并且秋天就开了花,叠萼重台,生气勃勃,一时有"瑞梅"之称,其年赋《沁园春》一阕宠之:

> 一种江梅,偏向君家,出奇无穷(树在友人汤皆山家)。看千年复活,乔柯蚴蟉,重台并蔕,冷蕊空

蒙。人曰奇哉,梅云未也,要为先生夺化工。休惊诧,请诸君安坐,洗眼秋风。

须臾露濯梧桐,忽逗出罗浮别样红。正朦胧一夜,银河影里,稀疏数点,玉笛声中。只恐东篱,有人斜睨,菊秀梅娇妒入宫。当筵上,倩渊明和靖,劝取和同。

词意很有风趣,而结尾因恐菊梅争宠,请陶渊明、林和靖劝它们和平共处,真是想入非非。不但如此,其年家中有杏树一株,也在暮秋开花,竟与春间一般娇艳,其年也咏之以词,调寄《解连环》云:

碧秋澄澈,把江南染遍,是他黄叶。忽一朵半朵春红,也浅晕明妆,薄融酥颊。簌雨笼晴,笑依旧、茜裙微折。只夜凉难禁,露重谁忺?蛩语凄咽。

回思好春时节,正桃将露绶,兰渐成缬。楼上人醉花天,有画鼓银罂,宝马翠𪨗。事去慈恩,枉立尽、西风闲说。伴空蒙、驿桥一帽,苇花战雪。

除此之外,又有八月闻莺、海棠重开的奇事,词人李分虎以《花犯》一阕记之:

> 卷筠帘,金梭忽溜,青林已非昔。倚阑干立。讶老桂黄边,犹露春色。几丝带雨蔫红湿。莺穿亦爱惜。为载酒、向曾听处,相逢如旧识。
>
> 巡檐觑花太零星,翻疑狼藉后,东风留得。记前度,寻芳事,梦中游历。又谁料、数声似诉,重唤起、秋窗拈赋笔。便杜老、断无吟句,也应题醉墨。

有一天,苏州市园林管理处汪星伯兄过访,看了我盆梅着花,便说今年怪事真多,拙政园中端阳节边开过的石榴花,忽在重阳节边又大开起来;而有的园子里,也秋行春令,竟开起樱花来了。不依时节乱开花,花也在作弄人啊!

# 荷花的生日

人有生日,是当然的,不道花也有生日,真是奇闻!农历二月十二日,俗传是百花生日;而荷花却又有它个别的生日,据说是农历六月二十四日。在前清时,每逢此日,画船箫鼓,纷纷集合于苏州葑门外二里许的荷花荡,给荷花上寿。为了夏季多雷雨,游人往往被淋得像落汤鸡一般,甚至赤脚而归,因此俗有"赤脚荷花荡"之谣,足见其狼狈相了。

其实所谓荷花生日,并无根据。据旧籍中说,这一天是观莲节,昔晁采与其夫,各以莲子互相馈送;曾有人扶乩叩问,晁降坛赋诗云:

酒坛花气满吟笺,瓜果纷罗翰墨筵。
闻说芙蕖初度日,不知降种自何年?

连这无稽的神话,也以荷花生日为无稽,而加以讽刺了。

不管是不是荷花的生日,而苏州旧俗,红男绿女总得挑上这一天去逛荷花荡,酒食征逐,热闹一番,再买些荷花或莲蓬回去。其见之诗词的,如邵长蘅《冶游》云:

> 六月荷花荡,轻桡泛兰塘。
> 花娇映红玉,语笑薰风香。

舒铁云《六月二十四日荷花荡泛舟作》云:

> 吴门桥外荡轻舻,流管清丝泛玉凫。
> 应是花神避生日,万人如海一花无。

高高兴兴地趁热闹去看荷花,而偏偏不见一花,真是大杀风景;那只得以花神避寿解嘲了。词如沈朝初《忆江南》云:

> 苏州好,廿四赏荷花。黄石彩桥停画鹢,水晶冰窖劈西瓜。痛饮对流霞。

张远《南歌子》云：

> 六月今将尽,荷花分外清。说将故事与郎听,道是荷花生日、要行行。
>
> 粉腻乌云浸,珠匀细葛轻。手遮西日听弹筝,买得残花归去、笑盈盈。

记得二十余年前,我与亡妻凤君也曾逛过荷花荡,扁舟一叶,在万柄荷叶荷花中迤逦而过,真有"花为四壁船为家"的况味。凤君买了几只莲蓬,剥莲子给我尝新,此情此景,历历在目,可惜此乐不可复再了!

清代大画家罗两峰的姬人方婉仪,号白莲居士,能画梅竹兰石,两峰称其有出尘之想。方以六月二十四日生,因有《生日偶作》一诗云:

> 冰簟疏帘小阁明,池边风景最关情。
> 淤泥不染清清水,我与荷花同日生。

诗人好事,又有作荷花生日诗的,如计光炘一绝云:

> 翠盖亭亭好护持,一枝艳影照清漪。
> 鸳鸯家在烟波里,曾见田田最小时。

徐闰斋两绝云:

> 荷花风前暑气收,荷花荡口碧波流。
> 荷花今日是生日,郎与妾船开并头。

> 金坛段郎官长清,临风清唱不胜情。
> 怪郎面似荷花好,郎是荷花生日生。

荷花生日虽说无稽,然而比了什么神仙的生日还是风雅得多;以我作为《爱莲说》作者周濂溪先生的后人来说,倒也并不反对这个生日的。

# 姊妹花枝

文章中有小品,往往短小精悍,以少取胜。花中也有小品,玲珑娇小,别有韵致,如蔷薇类中的七姊妹、十姊妹,实是当得上这八个字的考语的。花与蔷薇很相像,可是比蔷薇为小,花为复瓣,状如磬口;一蓓而有七朵花的,名七姊妹,一蓓而生十朵花的,名十姊妹,花朵儿相偎相依,活像是同气连枝的姊姊妹妹一样。花色以深红、浅红为多,白色与紫色较少,而以深红色的一种最为娇艳。每年倘于农历正月间移种,八月间扦插,没有不活的。此花因系蔓性,可以攀在墙上,一年年地向上爬;往年我住在上海愚园路田庄时,在庭前木栅旁种了一株浅红色的十姊妹,最初攀在木栅顶上,后用绳子绊在墙上,不到三年,竟爬到了三层楼的窗外,暮春繁花齐放,好似红瀑下泻,美妙悦目。清代吴蓉齐有《咏十姊妹》一诗云:

> 袅袅亭亭倚粉墙,花花叶叶映斜阳。
> 谁家姊妹天生就,嫁得东风一样妆。

移咏我这一株倚着粉墙攀缘直上的十姊妹,也是十分确当的。

明代小品文作家张大复,有《梅花草堂笔谈》之作,中有一则谈十姊妹云:

> 十姊妹,花之小品,而貌特媚,嫣红古白,袅袅欲笑,如双姝邂逅,娇痴篱落间,故是蔷薇别种。伯宗云:折取柔枝插梅雨中,一岁便可敷花,故知其性流艳,不必及瓜时发也。

以人喻花,自很隽妙。又李笠翁《闲情偶寄》中有记姊妹花一文云:

> 花之命名,莫善于此,一蓓七花者曰七姊妹,一蓓十花者曰十姊妹,观其浅深红白,确有兄长娣幼之分,殆杨家姊妹现身乎?予极喜此花,二种并植,汇

> 其名为十七姊妹;但怪其蔓延太甚,溢出屏外,虽日刈月除,其势犹不可遏,岂党羽过多,酿成不戢之势欤?此无他,皆同心不妒之过也。妒则必无是患矣。故善御女戎者,妙在使之能妒。

以唐明皇所宠爱的杨家姊妹相喻,更觉妙语如环。

以杨家姊妹为喻的,更有清代词人两阕词,如董舜民《画堂春》云:

> 天然一色绮罗丛,妆成并倚东风。秦姨总与虢姨同,玉质烟笼。
> 
> 馥馥幽香密蕊,姗姗淡白轻红。相携竞入翠薇宫,不妒芳容。

又吴枚庵《满庭芳》云:

> 桃雨飘脂,梨云坠粉,闲庭春事都阑。窗纱斜拓,墙角碎红攒。露重愁含秀靥,娇酣甚、不耐朝寒。珊珊态,惯双头并,蕊叶接枝骈。

昭阳台殿冷,银灯拥髻,说尽悲欢。又杨家秦虢,翠钿偷安。一样芳心浑不妒,垂珠珞、浅笑风前。双蝴蝶,花阴梦醒,飞过曲阑边。

大抵因花中姊妹而说到人中姊妹,就不知不觉地要想到杨家秦虢了。

我苏州的园子里,现有深红的七姊妹三株,与浅红的十姊妹一株,而以"亭亭"半廊旁边的一株为最,据说是德国种,色作深红,一蓓七花,花形特大,这当然是一株出色的七姊妹了。记得明代杨基有《咏七姊妹花》一诗云:

红罗斗结同心小,七蕊参差弄春晓。
尽是东风女儿魂,蛾眉一样青螺扫。
三姊娉婷四妹娇,绿窗虚度可怜宵。
八姨秦国休相妒,肠断江东大小乔。

因姊妹花而牵引出杨家双鬟、江东二乔来,几乎浑不辨所说的是人是花了。

# 关于花的恋爱故事

金代泰和中,直隶大名府地方,有青年情侣,已订下了白头偕老之约,谁知阻力横生,好事不谐,两人气愤之下,就一同投水殉情。当时家人捞取尸身,没有发现,后来被踏藕的人找到了,面目虽已腐化,而衣服却历历可辨。这一年荷花盛开,红裳翠盖,一水皆香,所开的花,竟全是并蒂,大概是那对情侣的精魂所化吧。

大词章家元遗山氏有感于此,填了一首《迈陂塘》词加以揄扬:

> 问莲根、有丝多少,莲心知为谁苦?双花脉脉娇相向,只见旧家儿女。天已许。甚不教、白头生死鸳鸯浦。夕阳无语。算谢客烟中,湘妃江上,未是断肠处。

香奁梦,好在灵芝瑞露。中间俯仰今古。海枯石烂情缘在,幽恨不埋黄土。相思树。流年度、无端又被西风误。兰舟少住。怕载酒重来,红衣半落,狼藉卧风雨。

李仁卿氏也倚原调填了一首:

为多情、和天也老,不应情遽如许。请君试听双蕖怨,方见此情真处。谁点注。香潋滟、银塘对抹胭脂露。藕丝几缕。绊玉骨春心,金沙晓泪,漠漠瑞红吐。

连理树,一样骊山怀古。古今朝暮云雨。六郎夫妇三生梦,幽恨从来间阻。须念取。共鸳鸯、翡翠照影长相聚。秋风不住。怅寂寞芳魂,轻烟北渚,凉月又南浦。

清代名臣彭玉麟氏,谥刚直,文事武功,各有成就,并且刚介廉明,正直不阿,可说是当时数一数二的人物。中法之战发生后,他以七十多岁的高年,疏调湘军入粤,把守虎门沿海,准备将他带领的两只炮艇,和法国的铁甲舰拼上一拼,后来虽因清廷急于议和,未成事实,也是见他的爱国精神。可惜他先前做了曾国藩的爪牙,和太平天国为敌,这是他一生的污点。

他少年时爱上了邻女梅仙,曾有嫁娶之约,只因为了自己的前途起见,暂与分手,预备等功成名立之后,回来完婚。谁知梅仙终于被家人所迫,含恨别嫁,以致郁郁而死。刚直知道了这回事,无限伤心,于是专画梅花,以纪念梅仙,并将他的心事一再寄之题咏,曾有"狂写梅花十万枝"之句;每一幅画上,总钤着"英雄肝胆儿女心肠"和"一生知己是梅花"等印章,也足见他的一片痴情了。

近人李宗邺君曾有《彭刚直恋爱事迹考》一书之作,考证极详,并且编成话剧《梅花梦》,由费穆君导演,搬演于红氍毹上,曾赚了我许多眼泪。后来吾友董天野画师也曾画有梅仙像幅,图中正在瑞雪初霁之际,梅仙倚在梅花树上,作凝思状。他要我题诗,我因为是一向同情于刚直这一段恋史的,就欣然胡诌了两绝句:

冷香疏影一重重,画里真真绝代容。

赢得彭郎长系恋,个侬不是负情侬。

英雄肝胆彭刚直,跌宕情场见性真。
狂写梅花盈十万,一花一蕊尽伊人。

英国大小说家施各德氏(W. Scott)十九岁时,有一天,在礼拜堂前遇见一个女郎,那时大雨倾盆,她却没有带伞,因此一再踌躇,欲行不得;施氏忙将自己的伞借给她,于是两人就有了感情。女名玛格兰,是约翰贝企士男爵的爱女,从此和施氏做了密友,足足有六年之久,月下花前,常相把晤,渐渐达到了热恋的阶段。可是后来玛格兰迫于父命,嫁了一位爵士的儿子,侯门一入深如海,彼此不再相见。施氏万般伤心,只索借笔尖儿来发泄,他的小说名著《罗洛白》《荷斯托克》两部书中的美人就是影射他的恋人,并以紫罗兰花作为她的象征。

玛格兰嫁后六月,施氏在百无聊赖中,娶了一位法国女子莎绿德沙士娣,虽是琴瑟和谐,但他的心中总还忘不了旧爱,曾赋《紫兰曲》一章歌颂她。十余年前,袁寒云盟兄正在海上做寓公,我们天天在一起切磋文艺,我将诗意

告知了他,他欣然地译成汉诗三首:

紫兰垂绿荫,参差杨与榛。
窈然居幽谷,丽姿空一群。

碧叶间紫芽,迎露轻娇殚。
曾见双明眸,流盼独媒妮。

赤日照清露,弹指消无痕。
一转秋水波,久忘别泪昏。

他还写了一个立幅赠给我,作行体,字字遒逸,我用紫绫精裱起来,作为紫罗兰盦中的装饰品。

# 花木的神话

我性爱花木,终年为花木颠倒,为花木服务;服务之暇,还要向故纸堆中找寻有关花木的文献,偶有所得,便晨钞暝写,积累起来,作为枕中秘笈。曾于旧籍中发现许多花木的神话,虽是无稽之谈,却也可以作为爱好花木者的谈助。

三代时,安期生于喝醉了酒之后,和酒泼墨洒石上,一朵朵都成桃花。汉代有徐登、赵炳二人,各有仙术,有一天彼此相遇,各显身手,赵能禁止流水不流,徐口中含酒,喷到树上去,都会开出花来。三国时,樊夫人和她的丈夫刘纲,都能使法,各有本领。庭心有桃树二株,夫妇俩各咒其一,两桃树便斗争起来,刘纲所咒的那一株,竟会走到篱外去,好像生了脚一样。

晋代佛图澄初次访石勒时,石知道他有道术,请他一试。佛取一钵盛了水,烧香念咒,不多一会,钵中生青莲花,鲜艳夺目。唐代元和中,有书生苏昌远住在苏州,邻近有小庄,距离官道约十里,中有池塘,莲花盛开。一天,他在池边看莲,忽见一个红脸素服的女郎,貌美如花,迎面而来。苏一见倾心,就和她逗搭起来,女郎并不拒绝,表示好感。从此他们俩常到庄中来幽会,苏赠以玉环,亲自给她结在身上,十分殷勤。有一天,苏见阑槛前有一朵白莲花开了,似乎特别地动目,他低下头去抚弄一下,却见花房中有一件东西,就是他所赠的那只玉环;大惊之下,忙把那白莲花拗断,从此女郎也绝迹不来了。又唐代冀国夫人任氏女,少时信奉释教。一天,有僧人拿法衣来请她洗涤,女很高兴地在溪边洗着,每漂一次,就有一朵莲花应手而出。女于惊异之余,忙回头看那僧人,却已不知所往,因给这条溪起了个名字,叫做浣花溪。

唐上都安业坊唐昌观,旧有玉兰多株,在开花的时节,好似瑶林琼树一样。元和中,春光正好,赏花的人们纷至沓来,车马络绎。有一天,忽有一位十七八岁的女郎,身穿绣花的绿衣,骑着马到来,梳双鬟,并无首饰,而美貌出众。后有二女尼和三女仆跟随,女仆都穿黄衣,也生得很美。女郎下马后，将白角扇遮面，直到玉兰花下，一时异香四散，闻于数十步外。附近的群众都以为是皇家宫眷，不敢走近去看。那女郎在花下立了好久，命女仆取花数十枝而出。一时烟雾蒙蒙，鹤鸣九天，上马之后，就有轻风拂起了尘埃；少停尘灭，大家见那女郎已在半天之上，方知是神仙下凡；这一带余香不散，足有一个多月之久。

润州鹤林寺，有杜鹃花高一丈余，相传五代正元中有僧人从天台山移植而来，用钵盂药养它的根，种在寺中；曾有人见两位红裳艳妆的女郎游于花下，倏忽不见，疑是花神。周宝镇守浙西时，有一天对道人殷七七说："鹤林的杜鹃花，天下所无，听说道人能使花不照时令开放，现在重阳将近，可能使杜鹃开花么？"七七便到寺中去，当夜那两位女郎就对他说："我们替上帝司此花，现在且给道长开放一下，可是它不久就要回到阆苑去了。"到了重阳那天，杜鹃花果然开得烂漫如春。周宝等欣赏了整整一天，花就不见了。后来鹤林寺毁于兵火，花也遭劫，料想就如二女郎所说的回到阆苑去了。

# 初春的花

立春节届,就意味着冬已冉冉地去了,春已冉冉地来了,百花齐放的时节,正不再远。当此初春,水仙啊,瑞香啊,兰花啊,梅花啊,都将次第开放,可说是百花的先头部队。

古今来诗人词客们歌颂梅花,总说它开在百花之先,点缀春节,往往少不了它;但是每逢春节,梅花未必开放。独有迎春,却从不后时,年年抢在梅花之先,烂烂漫漫地开放起来。迎春迎春,真的是名副其实。迎春是灌木性植物,一本多干,但也有单干的,高一尺余,可作地植,也可作盆栽。枝条延长如绶带,因此别名"金腰带"。花小,六瓣,作鹅黄色,也有两花交叠的,称为双套。花谢之后,方始发叶,一枝上发出小叶三片,作品字形,很有韵致。宋人晏殊咏迎春诗,有"浅艳侔莺羽,纤条结菟丝"之句;韩琦也有"迎得春来非自足,百花千卉共芬芳"之句,都说得很贴切,足为此花生色。我家有迎春大小型盆栽多本,全是单干,各有姿态,而以悬崖形露根的一本为最,每年着花繁茂,如张鹅黄之锦。去春我分出一小枝来,粗如拇指,模样儿很为平凡;我想出奇制胜,就把它种在一块英石上,今春也居然着花。经过整姿之后,楚楚可观,盛在一只椭圆形古砂盆里,注以清泉,伴以雨花台石子,很可爱玩。朋友们见了,竟誉为精品。

苏州诸画师,创作热情很高,月来埋头苦干,画成山水、花卉、人物等一百余幅,春节在怡园展出,真的是美具难并。有几位女画师合作了一幅初春的花卉,很为工致,以"迎春图"为题,请章太炎夫人、名诗人汤国梨先生题诗其上。因展出期近,登门坐索,汤先生诗才敏捷,立即在画上题了七绝一首:

姹紫嫣红别样妍,欣欣开在百花先。
不须更向东郊去,迎取春光入画笺。

此画此诗,相得益彰,要算是献给春之神的最好礼物了。有两位青年朋友,不懂得"东郊"的出典,发生了疑问。原来旧时曾有东郊迎春之俗,吴县志云:"立春日迎春东郊,竞看土牛。"可以为证。

蜡梅花已盛极而衰,快将凋落了,朋友们纷纷来问,盆梅已开了没有,以先睹为快。今年立春较早,梅花可以早放,尤其是红梅,总比绿梅开得早一些,而白梅总是落后的。我家原有大小型盆梅数十本,原可供朋友们一领色香;但是已分给上海中山公园和苏州拙政园去展出,供群众去欣赏了;留在家里的,寥寥无几,不过稍资点缀而已。在中山公园展出的,以"鹤舞"为第一。这是苏州已故名画师顾鹤逸先生手植的一本老干绿萼梅,树龄已达七八十年,形如癯鹤一头,蹲蹲起舞。在我处培养了五年,年年着花恰到好处,不疏不密,总算不负顾老先生后人付托的一番美意。他如枯干老红梅"凤翔",可与"鹤舞"作配。又有把七本小型红绿梅合栽而成的"梅花图",以独本小型花条梅配以人物和双鹤的"林和靖妻梅子鹤",和梅、兰、竹、菊等共二十二点,就教于一般园艺爱好者。有人以为我辛辛苦苦培养了一年,却不能供自己欣赏,未免有些傻气,我说:独乐乐不如与众乐乐,在这新社会里,人人都应该如此,我又何尝不该如此呢?

## 杜鹃枝上杜鹃啼

鸟类中和我最有缘的,要算是杜鹃了。记得四十五年前,我开始写作哀情小说;有一天偶然看到一部清代词人黄韵珊的《帝女花传奇》,那第一折楔子的《满江红》词末一句是"鹃啼瘦"三字,于是给自己取了个笔名"瘦鹃",从此东涂西抹,沿出至今,倒变成了正式的名号。杜鹃惯作悲啼,甚至啼出血来,从前诗人词客,称之为"天地间愁种子",鹃而啼瘦,其悲哀可知。可是波兰有支名民歌《小杜鹃》,我虽不知道它的词儿,料想它定然是一片欢愉之声,悦耳动听。

鸟和花虽有连带关系,然而鸟有鸟名,花有花名,几乎没一个是雷同的,唯有杜鹃却是花鸟同名,最为难得。唐代大诗人白乐天诗,曾有"杜鹃花落杜鹃啼"之句;往年亡友马孟容兄给我画杜鹃和杜鹃花,题诗也有"诉尽春愁春不管,杜鹃枝上杜鹃啼"之句,句虽平凡,我却觉得别有情味。

杜鹃有好几个别名,以杜宇、子规、谢豹三个较为习见。据李时珍说:

> 杜鹃出蜀中,今南方亦有之,状如雀鹞,而色惨黑,赤口有小冠。春暮即鸣,夜啼达旦,鸣必向北,至夏尤甚,昼夜不止,其声哀切。田家候之,以兴农事。惟食虫蠹,不能为巢,居他巢生子,冬月则藏蛰。

关于杜鹃的一切,这里说得很明白,看它能帮助田家兴农事,食虫蠹,分明是一头益鸟。它的啼声哀切,也许是出于至诚,含有"垂涕而道"的意思,好使田家提高积极性,不要耽误了农事。

杜鹃有一个神话,据说是蜀王杜宇称帝,号望帝,那时荆州有一个死而复生的人,名鳖灵,望帝立以为相。恰逢洪水为灾,民不聊生,鳖灵凿巫山,开三峡,给除了水患。隔了几年,望帝因他功高,就让位于他,号开明氏,自己入西山,隐居修道。死了之后,忽然化为杜鹃,到了春天,总要悲啼起来,使人听了心酸。据说,杜鹃的啼声,是在说"不如归去"。因此诗词中就有不少以此为题材的,如宋代范仲淹诗云:

夜入翠烟啼,昼寻芳树飞。
春山无限好,犹道不如归。

康伯可《满江红》词有云:"……镇日叮咛千百遍,只将一句频频说。道不如归去不如归,伤情切。"每逢暮春时节,我的园子里杜鹃花开,常可听得有鸟在叫着"居起、居起",据说就是杜鹃,"居起"是苏沪人"归去"的方言,大概四川的杜鹃到了苏州,也变此腔,懒得说普通话了。

西方人似乎爱听杜鹃声,所以波兰有《小杜鹃》歌。西欧各国还有一种杜鹃钟,每到一点钟有一头杜鹃跳出来报时,作"克谷"之声,正与杜鹃的英国名称"cuckoo"相同,十分有趣。我以为杜鹃声并不悲哀,为什么古人听了要心酸,要断肠,多半是一种心理作用吧?

## 多情的花

8月5日,是世界青年联欢节的第九天,举行各国女青年联欢;前两天,大会已经准备了一万八千朵"勿忘我"花,每一个参加的女青年,都可分到一朵。公社广场的公园走道旁,亮起了一朵朵用电光缀成的"勿忘我"花。到了这一天,各种不同肤色的女青年,花团锦簇似的欢聚在一起。广场上到处都是"勿忘我"花,汇成了一片花的海。莫斯科的小伙子们,把一束束的鲜花送给每一位女青年。

"勿忘我"的花名是富有诗意的,它产在西方各国,英国名字叫做"Forget-me-not"(旧时译作"毋忘侬"花),连普通的中英字典中也有这个名称。它一名琉璃草,是一种淡蓝色的小花,每一朵花有五个单瓣,并没有香味。然而它却是花中情种,男女相爱,往往把它扎成花束互相赠送,以表深恋密爱。现在在世界青年联欢节上,把它送给女青年,用意当然不同,是表示着深厚的友情。朋友交好,彼此不是都希望"长毋相忘"吗?

有这样一种传说:"勿忘我"花是白色的,丛生水边。相传欧洲古代有一骑士,带着他的恋人到海滨游览,乐而忘返。那恋人瞥见一丛花挺生水上,要采来插戴。骑士为了要博得她的欢心,涉水去采。不料怒潮汹涌而来,把他卷去。他忙将那丛花用力抛到岸上,放声嚷道:"不要忘了我!"因此这种花传到后代,就叫做"勿忘我"花了。女词人陈小翠,曾赋《声声慢》一阕,从赵长卿体,专咏其事云:

  问谁曾识,恨叶情根,神光如此光洁?开到高秋,不似芦花飘忽。死死生生哀怨,共江潮、夜深呜咽。向月下,悄归来,化作蛮葩幽绝。

  往事渔娃能说,认凄馨几点,泪痕凝结。抱柱千年,守到相思重活。长忆一枝遥赠,拚为尔、形消影灭。肠断了,待从今忘也,怎生忘得?

末了把"勿忘我"的含意点了出来,隽妙有味。

因了这多情的"勿忘我"花,联想到西方另一种多情的花"紫罗兰"。据希腊神话说,司爱司美的女神维纳斯,因爱人远行,依依惜别,在分手时,止不住掉下泪来。泪珠儿滴在地上,第二年就发芽生枝,开出一朵朵又美又香的花来,这就是紫罗兰。曾有人咏之以诗,有"灵均底事悲香草,情种应归维纳斯"之句。

紫罗兰小花五瓣,萼突出,好像一个小袋,色作深紫,花心橙黄,有奇香,可制香水、香皂。叶圆,茎细而柔,虽是草本,而隆冬不凋,与松柏一样耐寒,并且春秋二季都会开花。西方士女,把它当作恩物。四十年来,我也深爱此花,老友秦伯未兄赠诗,曾有"一生低首紫罗兰"句,可知我爱好之深了。

# 香草香花遍地香

香草香花遍地香,众香国里万花香。

香精香料皆财富,努力栽花朵朵香。

这是我于七月初到辽宁省兴城县出席全国花卉科学技术会议时,听了大会主席号召各地多种香花而作的《香花颂》。香精香料是轻工业和食品工业所需要的原料,用途很广,过去大半由国外输入,漏卮极大,现在可要自己来搞,为国家增加财富了。

我怀着兴奋的心情回到家里,准备大种香花;一踏进门,却就闻到一阵阵的幽香,似乎在欢迎我回来似的。原来我种的几盆建兰已开了花,每盆都有十几茎,每茎都有七八朵,于是幽香四溢,真熏得一室都香了。建兰原产福建,叶阔而长,达一二尺,四散披拂,很有风致,夏秋间开花,花心有荤有素,红的是荤,白的是素,而以素心为上。产于龙岩的更名贵,称为"龙岩素",有一种"十八学士",每茎着花十八朵,香远益清。我家另有两盆叫做"秋素"的,叶长只五六寸,白茎白花,一茎五六朵,高出叶上,仿佛缟衣仙子,玉立亭亭,确是不凡。世称"玉魫"白干而花上出,为建兰第一名种,不知道是不是"秋素"的别名?

建兰之外,我又有四盆白珠兰,也同时开了花,粒粒如小珍珠;另一种初绿后黄的,别名"金粟兰",花品较差。珠兰原产闽粤二省,灌木性,枝干成丛,每枝有节,叶从节间抽出,作椭圆形,光光如蜡。夏秋间枝梢萌发花穗,一穗四茎,每茎长只二寸许,花粒攒聚四周,如珍珠,又如鱼子,因此又名"鱼子兰"。白珠兰初作绿色,后转为白,就发出阵阵浓香来,一时虽开一穗,也可香闻远近。取花窨茶,在茉莉、玳玳之上。珠兰喜阴喜肥,经常用鱼腥水浇灌,花开必茂。我家的那四盆,就是专喝鱼腥水作为营养的。

与建兰、珠兰分庭抗礼不甘示弱的,要推茉莉了。茉莉花期特长,陆续开花,可由初夏开到深秋。它是常绿亚灌木,叶圆而尖,有光泽,花从叶腋间抽出,莹白如雪,有单瓣、复瓣之别;复瓣香浓而不见心的,名"宝珠茉莉",最为名贵。茉莉可制香,可浸酒,可窨茶,北方流行的香片茶,就是用茉莉窨茶的;而制成了香精,更有极大的经济价值。

# 闻木犀香

每年中秋节边,苏州市的大街小巷中,到处可闻木犀香,原来人家的庭园里,往往栽有木犀的。今年因春夏两季多雨,天气反常,所以木犀也迟开了一月,直到重阳节,才闻到木犀香唎。木犀是桂的俗称,因丛生于岩岭之间,故名岩桂。花有深黄色的,称金桂;淡黄色的,称银桂;深黄而泛作红色的,称丹桂。现在所见的,以金桂为多,银桂次之,丹桂很少。花有只开一季的,也有四季开的,称四季桂,月月开的,称月桂,可是一季开的着花最繁,并且先后可开两次,香也最浓,四季桂和月桂着花稀少,香也较淡,不过每到秋季,也一样是花繁香浓的。台州天竺所产桂,名天竺桂,是桂中异种,逐月开花,只在叶底枝头,点缀着寥寥数点。天竺的僧人们称之为月桂,好在花能结实,大小与式样,与莲子很相像,那就是所谓桂子了。

我于去冬得老桂一本,干粗如成人的臂膀,强劲有力,也是月月开花,并且是结实的,大概就是天竺桂。今秋着花累累,初作淡黄色,后泛深黄,我把密叶剪去,花朵齐露于外,如金粟万点,十分悦目。所难得的这老桂是个盆栽,栽在一只长方的白砂古盆里,高不满两尺,开花时陈列在爱莲堂中,一连三天,香满一堂。朋友们见了,都赞不绝口,这也可算是吾家盆栽中的一宝了。

记得二十年前,我曾从邓尉山下花农那里买到枯干的老桂三本,都是百余年物,分栽在三只紫砂大圆盆里,每逢中秋节边,看花闻香,悦目怡情,曾咏之以诗:

小山丛桂林林立,移入古盆取次栽。
铁骨金英枝碧玉,天香云外自飘来。

可惜在对日抗战时期,我避寇出走,三桂乏人照顾,已先后枯死,幸而最近得了这株天竺桂,虽然不是枯干,而姿态之古媚却胜于三桂,我也可以自慰了。

向例桂花开放时,总在中秋前后,天气突然热起来,竟像夏季一样,苏人称之为"木犀蒸",桂花一经蒸郁,就烂烂漫漫地盛开了；我觉得这"木犀蒸"三字很可入诗，因戏成一绝：

> 中秋准拟换吴绫，偏是天时未可凭。
> 踏月归来香汗湿，红闺无奈木犀蒸。

江浙各处，老桂很多，杭州西湖上满觉垅一带，满坑满谷的都是老桂，花时满山都香，连栗树上所结的栗子，也带了桂花香味，所以满觉垅的桂花栗子，也是遐迩驰名的。听说，嘉兴有台桂，还是明代以前物，花枝一层层地成了台形，敷荫绝大，花开时香闻远近村落，诗人墨客纷纷赋诗称颂，不知现仍无恙否？常熟兴福寺中有唐桂，一根分出好几株来，亭亭直立，去秋我曾冒雨往观，每株树身并不很粗，不过碗口模样，据我看来，至多是明桂，倘说是唐代，那么原树定已枯死，这是几代以下的孙枝了。鲁迅先生绍兴故宅的院落中，有一株四季桂，据说饱阅风霜，已有二百余年之久，从主干上生出三株六枝来，像是三树合抱而成的一株大树，荫蔽了半个院落，先生童年时，常常坐在这桂树下听他母亲讲故事的。

我家园子里也有三株桂树,一大二小,都不过三四十年的树龄,今秋花虽开得较迟,而也不输于往年的繁盛。我因桂花也可窨茶,运往苏联和其他民主国家可换机器,因此自己享受了一两天的鼻福,摘下了几枝作瓶供,就让邻人们勒下花朵来,以每斤六千元的代价,卖与虎丘茶花合作社了(据说窨茶以银桂为佳,所以代价也比金桂高一倍)。苏州市的几个园林中,都有很多的桂树,而以怡园、留园为最,各在桂树丛中造了一座亭子,以资坐息欣赏;怡园的亭子里有"云外筑婆娑"一额;留园的亭子里有"闻木犀香"一额。我这一篇小文,就借以为名,写到这里,仿佛闻到一阵阵的木犀香,透纸背而出。

# 一盏清泉养水仙

去冬大寒,气温曾降至摄氏零下十度;今年立春后,寒流袭来,又两度下雪,花事因之延迟;不但梅花含苞未放,连水仙也挨到最近才陆续开放起来。我于除夕向花店中买了崇明水仙三十头,每逢晴日,放在阳光下曝晒,入夜移入室内避寒,这样忙了好多天,才开放了三分之一,真的望眼欲穿了。

水仙最宜盆养,盆有陶质的、瓷质的、石质的、砖质的,或圆形,或方形,或椭圆形,或长方形,或不等边形;我却偏爱不等边形的石盆、砖盆,以为最是古雅,恰与高洁冷艳的水仙相称。我年来置办的水仙盆虽多,却独爱一只四角而不等边形的白石盆,正面刻有"凌波微步"四字,把水仙十一头排列其中,伴以雨花台各色大小石子,自觉妍静可爱,足供欣赏。

砖盆必须将晋砖、汉砖凿成的,方见古朴;安吉吴昌硕老画师以砖砚供水仙,别开生面,他宠之以诗,系以序云:

缶庐藏汉魏古甓数事,琢砚供书画,苦寒水冻,笔胶不能下,儿童戏供水仙于其上,天然画稿也。拥炉写图,题小诗补空:
缶庐长物惟砖砚,古隶分明宜子孙。
卖字年来生计拙,商量改作水仙盆。

这首诗也是很有风趣的。

瓷有哥窑、汝窑、钧窑等种种,作水仙盆自是不恶,清代词人陈其年以哥窑瓶供水仙,咏以《蝶恋花》云:

小小哥窑凉似雪。插一瓶烟,不辨花和叶。碧晕檀痕姿态别,东风悄把琼酥捻。
滟潋空蒙天水接。千顷烟波,罗袜行来怯。昨夜洞庭初上月,含情独对姮娥说。

他不用盆而用瓶,那一定是除去球根,剪了花和叶作供了。

记得十一年前,先慈在沪去世,时在农历十一月间,五七时,我买了三头崇明水仙,养在一只宣德紫瓷的椭圆盆中,伴以英石,颇饶画意。因先慈生前很爱水仙,而那时花也恰好开了,我就把它供在灵几之上,记以诗云:

局踏淞滨忽七年,俗尘万斛滓心田。
出山泉水终嫌浊,那有清泉养水仙。

翠带玉盘盛古盎,凌波仙子自娟妍。
移将阿母灵前供,要把清芬送九泉。

可是这不过是我的一片痴心,九泉之下的老母,再也闻不到水仙花香了。

唐玄宗以红水仙十二盆赐予虢国夫人,盆都用金玉七宝制成,华贵非常;夫人每夜采花一柱,将裙襦覆盖其上,第二天穿上了觐见玄宗,玄宗称之为肉身水仙。以金玉七宝制水仙盆,已觉其俗,再加上了什么肉身水仙,真是俗之又俗了。唐代有红水仙,闻所未闻,大约那花实在是火黄色的,以致误传为红色吧?

市上花店中有所谓洋水仙的,叶片攒簇,花从中央挺生,一朵朵如倒挂的钩子,作盆供风致较差;有红白紫诸色,香较浓郁。故梁溪词人王西神偏爱此种,一一赐以佳名,紫色的称紫云囊,红色的称红砂钵,白色而微绿的称绿萼仙;此外有乔种的,又加以鸳鸯锦、西施舌、翠镶玉诸称,我以为这洋水仙比了国产水仙,总有雅俗之分。

# 日本的花道

明代袁宏道中郎,喜插瓶花,曾有《瓶史》之作,说得头头是道,可算得是吾国一个插花的专家。陈眉公跋其后云:

> 花寄瓶中,与吾曹相对,既不见摧于老雨甚风,又不受侮于钝汉戆婢,可以驻颜色,保令终,岂古之瓶隐者欤?

中郎之爱瓶花,又可于他的诗中见之,如《戏题黄道元瓶花斋》一诗云:

> 朝看一瓶花,暮看一瓶花。
> 花枝虽浅淡,幸可托贫家。

一枝两枝正,三枝四枝斜。

宜直不宜曲,斗清不斗奢。

仿佛杨枝水,入碗酪奴茶。

以此颜君斋,一倍添妍华。

第五句至第八句,就是他插花的诀门,三言两语,要言不烦,可给他的《瓶史》作注脚。

日本人见了《瓶史》,大为钦佩,就将中郎的插花诀门,广为传布,称为宏道流。日本对于插花,当作专门技术,美其名曰花道,与专研吃茶的茶道并重。凡是姑娘们在出嫁之先,必须进新嫁娘学校,学会花道,要是做新嫁娘而不会插花,那就不成话说了。

日本的花道,历史也很悠久,还是开始于江户时代,流派很多,有池坊流、远州流、青山流、未生流、松月堂古流、慈溪流、美笑流、古远州流、古流、千家古流、东山慈照院流、相阿弥流、靖流、竹心流、流源流、庸轩流、一圆流、绍适流、源氏流、春山流、石州流等,这都是他们自己标新立异的派别,而取法于我们中国的,那就是独一无二的宏道流。

文化文政时代，有一位远州流插花的专家，名本松斋一得，他九十九岁时，名画家文晁作画一幅给他祝寿，文学家龟田鹏斋在画上题云：

> 本松斋一得老人，以插花之技鸣于世，从游徒弟遍于关左；今兹年九十九矣，颜色如小儿，实地上之仙也，其徒欲启寿筵以祝之。余闻其名者久矣，因赋一绝以贺其寿焉。老人受其技于信松斋一蝶翁，翁受之远州小堀公四世弟子甘古斋一玉子云：
> 插花三昧绝尘缘，一小瓶中一百天。
> 此外不知有何乐，是非花圣即花仙。

时为文政十三年，而这九十九岁老人之上，还有老师太老师，也足见日本花道传世之久了。

花道各有各派，各有信徒，世世传授，竟有传至六十五世的。即如那位远州流本松斋，也传至十四世；他们著书立说时，都得把这些头衔抬出来，引以为荣。宏道流传自我国明代，所以已传至二十四世，是一位女专家，名望月义耀，这一派的插花似乎参考《瓶史》，大抵是上中下三枝,或则增为五枝,插法较为简单,但也较为自然。有一种叫做池坊立华的,矫揉造作,用足功夫,瞧上去最不自然,据说是在国家举行大典时用的。他们插花的器具,不但用瓶用坛,并用特制的竹器、铜器,或瓷制、陶制的长方形水盘,甚至有用木槽、木桶、竹篓、竹篮的,而最可笑的,无过于利用我们作扫垃圾用的畚箕了。他们所用材料,并不限于各种花草,竟不惜工本,把数十年老本的梅树和松柏等也砍断,插在瓶中、盘中,供数日的观赏,那未免暴殄天物哩。

## 我爱菊花

我是一个花迷,对于万紫千红,几乎无所不爱,而尤其热爱的:春天是紫罗兰,夏天是莲,秋天是菊,冬天是梅。我在解放以前,眼见得国事日非,国将不国,自知回天无力,万念俱灰。因此隐居苏州,想学做陶渊明,渊明爱菊,我就大种菊花,简直是像渊明高隐栗里,做黄花主人。菊花最多的一年,达一千二百余盆,共一百四十余种,扬州的名种如"虎须""巧色""柳线""飞轮""翡翠林""枫叶芦花",常熟的名种"小狮黄"等,全都搜罗了来,小园秋色,真说得上是丰富多彩的。解放以后,我忙于社会活动,便种得少了。我想陶渊明如果生于今天,瞧到祖国的欣欣向荣,也该走出栗里,不再做隐士了吧。

我爱菊花,不但爱它的五光十色,多种多样,更爱它那种坚强不屈的精神,象征我国的民族性,它和寒霜作斗争,和西风作斗争,还是倔强如故;即使花残了,枝条仍然挺拔,脚芽仍然茁生。古诗人的名句"菊残犹有傲霜枝",就给与它很高的赞颂。

我爱菊花,爱它那种自然的姿态,所以我所种的菊花,不喜欢把花枝全都扎得齐齐整整,除了一二枝必须挺直的以外,其他枝条,就让它欹斜起伏,然后翻种在瓷盆或紫砂盆里,配上一块拳石或一根石笋,作案头清供,看上去就好像一幅活色生香的菊石图。

像这样的菊花盆供,不但白天可以欣赏,到了夜晚上灯之后,还可在灯光下欣赏墙上的菊影,黑白分明,自然入画。明代文学家冒辟疆的《影梅庵忆语》中,也曾有与董小宛一同欣赏菊影的叙述。他说:

> 秋来犹耽晚菊,即去秋病中,客贻我翦桃红,花繁而厚,叶碧如染,浓条婀娜,枝枝具云罨风斜之态。姬扶病三月,犹半梳洗,见之甚爱,遂留榻右。每晚高烧翠蜡,以白团回屏六曲,围三面,设小座于花间,位置菊影,极其参横妙丽,始以身入,人在菊中,菊与人俱在影中,回视屏上,顾余曰:"菊之意态尽矣,其

如人瘦何!"至今思之,淡秀如画。

赏菊而兼赏菊影,这才算得是菊花的知己。

在一般菊展中,有名菊廊和品种廊,每一盆菊花都是独本,一般人称之为"标本菊",就是菊花的标本,因为一本只有一花,所以花朵特大,花瓣花须,花蒂花心,都看得清清楚楚,可供园艺家研究,也可供画家写生,这是未可厚非的。可是我们做盆景的,却以三枝或五枝为合适,花朵不必太大,也不必一样大小,一样高低,让它参差一些,才显得出自然的姿态。要做菊花的盆景,还有一个必要条件,就是要选择矮种,叶子也不可太大,种在盆子里,才可入画,如果是高枝大叶,再加上碗口般大的花朵,那就不配做盆景了。

# 红了樱桃绿了芭蕉

读了宋人蒋捷"红了樱桃,绿了芭蕉"的词句,就意味着春光渐渐地老去,立夏节到了。立夏节那天,我就看到红了的樱桃和绿了的芭蕉。

樱桃娇小玲珑,是果中隽品,皮色猩红而有光泽,颗颗像红玛瑙球,不但好吃,也很好玩,古人曾以"焕若随珠,皎如列星"赞美它,确是很得当的。然而樱桃也有作白色的,不过少见罢了,李白就有咏白樱桃一诗。

樱桃属蔷薇科的樱属,是落叶乔木,高达一二丈,春初,花和叶同时发生,花五瓣,白中微带浅红,一蕾茁生四五朵,开足后一白如雪;叶作圆形,尖端,边如锯齿,立夏以前就结果。在果树中结得最早,由绿而黄,成熟时就泛作鲜红,鸟雀一见,便纷纷飞来啄食,肉尽只余一个个核子,仍然留在枝上。我有一株盆栽的樱桃树,年年结实,可是不及欣赏,早被鸟雀当作美餐吃了。

芭蕉和樱桃本是风马牛不相及的,却被蒋捷一词联系了起来,樱桃红了,芭蕉也果然绿了。我的园子里有两大丛芭蕉,已一株株从泥土里钻了出来,一张张展开了嫩绿的新叶,使人看了,自有"绿净不可唾"的感觉。清代李笠翁对它最有好感,曾说:

> 幽斋但有隙地,即宜种蕉,蕉能韵人而免于俗;……一二月即可成荫,坐其下者,男女皆入画图,绿天之号,洵不诬也。

不错,芭蕉易长易大,最易成荫,一到仲夏,就可高及屋檐,遮阳招凉,仿佛天然的绿幕。

前三年我曾掘了两株芭蕉的幼苗,种在一只紫砂的长方形浅盆中,配上了石笋,并在蕉荫下安放着一个陶质的老叟,正在趺坐操琴,就成了一个挺好的盆景。说也奇怪,三年来,这两株芭蕉老是长不高,冬季移入室内,叶也不萎,倒变做了四季常春的常绿树。

## 仲秋的花与果

仲秋的花与果,是桂花与柿,金黄色与朱红色,把秋令点缀得很灿烂。在上海,除了在花店与花担上可以瞧到折枝的桂花外,难得见整株的桂树;而在苏州,人家的庭园中往往种着桂树,所以经过巷曲,总有一阵阵的桂花香,随着习习秋风飘散开来,飘进鼻官,沁人心脾。我的园子里也有三株桂树,一大二小,大的那株着花很繁,整日闻到它的甜香。我摘了最先开的一枝,供在亡妇凤君遗像之前,因为她生前也是爱好桂花的。到得花已开足,就采下来,浸了一瓶酒,以供秋深持螯之用;又渍了一小瓶糖,随时可加在甜点心的羹汤内,如汤山芋、糖芋艿、栗子、白果羹中,是非此不可的。

在抗日战争以前,我还有三株光福山中的桂花老树盆栽,都是百年以上物,苍老可喜,开花时尤其美妙。我曾以小诗宠之：

> 小山丛桂林林立，移入古盆取次栽。
> 铁骨金英枝碧玉，天香云外自飘来。

只因苏州沦陷后，我羁身海上不回家，园丁疏于培养，已先后枯死了，真是可惜之至！

柿，大概各地都有，而上市迟早不同，有大小两种，大的称铜盆，小的称金钵盂。杭州有一种方柿，质地生硬，可削了皮吃。我园有一株大柿树，每年都是丰收，累累数百颗，趁它略泛红色时，就随时摘下来，用楝树叶铺盖，放在一只木桶里，过了十天到十五天，柿就软熟可以吃了。味儿很甜，初拿出来，颗颗发热，像在太阳下晒过一般。

古书中说柿有七绝：一、树多寿，二、叶多荫，三、无鸟巢，四、少虫蠹，五、霜叶可玩，六、佳实可啖，七、落叶肥大，可以临书。这七绝确是实情，并不夸张。所说落叶肥大可以临书，有一段故事可以作证：唐代郑虔任广文博士时，穷苦得很，学书苦无纸张。知慈恩寺有大柿树，布荫达数间屋。他就借住僧房，天天取霜打的红柿叶作书，一年间全都写满。后来他又在叶上写诗作画,合成一卷进呈,唐玄宗见了大为赞许,在卷尾亲笔批道:"郑虔三绝。"

柿初红时,也可作瓶供。今秋我曾从树上摘下一长一短两大枝,上有柿十余只,只因太重了,插在古铜瓶中,方能稳定。我整理了它的姿态,供在爱莲堂中央的方桌上,到现在快将一月,柿还没有大熟,却已红艳可爱。可惜叶片易于干枯,索性全都剪去,另行摘了带叶的大枝插在中间,随时更换,红柿绿叶,可以经久观赏。

# 我与中西莳花会(节选)

我生平爱美,所以也爱好花草,以花草为生平良友。十余年来,沉迷此中,乐而忘倦。自从"九一八"那年移家故乡苏州之后,对于花草更为热恋,再也不想奔走名利场中,作无谓的追求了。一连好几年,在苏的时候居多,往往深居简出,作灌园的老圃。平生原多恨事,而这颗心寄托到了花花草草上,顿觉躁释矜平,脱去了悲观的桎梏,连这百忧丛集之身,也渐渐地健康起来。不料"八一三"大祸临头,使我割慈忍爱地抛下了满园花草,仓皇出走,流转他乡半年有余,方始到达了上海。栖止既定,便又与花草朝夕为伍,虽是蜗居前的一弓之地,不能多所栽植,而小型的盆栽,倒也可以容纳得下一百多盆。每天早上,总得费一二小时的光阴,去伺候它们。室内净几明窗,终年有盆栽作清供,在下笔作文时,大可助我文思。

老友蒋保釐兄原是上海中西莳花会的会员,他很赞美我的盆栽,说何不加入此会,每逢春秋两季,好把盆栽陈列其间,使西方士女开开眼界,认识我们中国的园艺美。我本来对于这已有数十年历史的国际性莳花会,有一个深刻的印象,以前春秋年会,也常去观光,可是不得其门而入,如今既经老友鼓励,就欣然从命。终于由保釐兄会同厉树雄兄和一位西友介绍入会,会中秘书寇尔先生,也诚挚地表示欢迎之意。

我既到达上海之后,第一件大事,就是回去探望我那寤寐难忘的故园,虽是三径就荒,却喜花木无恙,逗留了几天,便把一部分小型的盆盎和花木携来上海。去年(民国二十八年)五月二十二日,莳花会举行第六十三届春季年会于跑马厅,我就把大小盆栽二十二点参加。这破题儿第一遭的出品,居然引起了无数西方士女们的注意与赞美,使我非常兴奋。有的还错认为扶桑人的作品,经我挺身而出,说明自己是中国人后,他们即忙和我握手道歉。第一次展览结束,经会中专家评判,给与全会第二奖荣誉奖凭。

十一月二十二及二十三两天,第五十二届秋季年会仍在跑马厅举行,这第二次的展览结果,居然得到全会总锦标英国彼得葛兰爵士大银杯一座。这也像国际网球赛的台维斯杯一样,可以保持到下届春季年会,由会中将我的名字刻在杯上,另给一只较小而同样的银杯,那就可以永久地保持下去,作为私有的纪念品了。

这两天恰值秋雨淋漓,观众却并不减少,诸老友听得我幸获锦标,纷来道贺。七十老娘,也以为奇数,偕同室人凤君冒雨而来,高兴得什么似的。我于欢欣鼓舞之余,曾作了四首七绝:

绿草日日奏东皇,莫遣风姨损众芳。
世外桃源无觅处,万花如海且深藏。

十丈朱尘浣骨清,随人俯仰意难平。
一花一木南窗下,不是蛾眉亦可亲。

奇葩烂漫出苏州,冠冕群芳第一流。
合让黄花居首席,纷红骇绿尽低头。

占得鳌头一笑呵,吴宫花草自娥娥。

要他海外虬髯客,刮目相看郭橐驼。

民国二十九年五月二十二及二十三两天,莳花会举行第六十四届年会,我所参加的计有盆栽和水石等共三十点,仍分三大桌,吸引了无数中西观众的视线。这一次经专家评判的结果,出于意外地蝉联了上届彼得葛兰爵士大银杯总锦标,而上届应得的那只小银杯,也由寇尔先生送来,可以永久珍藏在紫罗兰盦中了。这一次我因再度获得总锦标,又赋七绝四首,以志纪念:

霞蔚云蒸花似绣,江城处处自成春。
绝怜裙屐翩跹集,吟赏花前少一人(去岁秋季年会时,陈栩园丈曾偕张益兄伉俪同来观赏,笑语甚欢,不意半载以后,遂有幽明之隔,思之泫然)。

半载辛勤差不负,者番重夺锦标还。
但悲万里河山破,忍看些些盆里山。

劫后余生路未穷,灌园习静爱芳丛。

愿君休薄闲花草,万国衣冠拜下风(艺花小道,未敢自伐,徒以身与国际盛会,而得出人一头地,似亦足为邦国光,此则予之所沾沾自喜者耳)。

小草幽花解媚人,襟怀恬定忘贪瞋。
太平盛世如重睹,花国甘为不叛臣(世乱纷纷,不知所届,果得否极泰来,重睹太平盛世者,则吾当终老故乡,从事老圃生活矣)。

六个月的光阴过得真快,一转眼秋季年会的时期又到了。我因想继续保持总锦标起见,所以对于此次的出品,分外努力,在一个星期中着意筹备起来。《申报·本埠新闻》栏内,有一篇特写《莳花会的秋色》,作者署名爱农,他参观了我的出品以后,记述十分详细。这一次的盆栽,自以为很满意,同志孔志清兄和儿子铮(南通学院农科学生)曾给与我不少助力,他们以为定可保持总锦标,来一个连中三元,与美国罗斯福连任第三次总统互相媲美。谁知经两位西籍评判员草草评判的结果,却得了一张全会第二奖的荣誉奖凭,原来那总锦标已给大名鼎鼎的沙逊爵士那座菊花山夺去了。许多连看四届莳花展览的老友们和中国观众都给我鸣不平，有好几位西方观众也走上来和我说："我给你总锦标！"那位老内行的蓝斯夫人也给了我许多好评，劝我不可灰心，以后仍然要一次次参加下去。当晚，会中秘书寇尔先生也来慰藉，说："这一次的总锦标归于沙逊爵士，因为他的出品全部都是菊花之故，至于布置、美化，那当然以足下为最，也许评判员没有留意到罢了。"他们这些美意，使我很为感激。本来我参加此会，并非为的个人问题，我现在以笔耕为主，不需要借此宣传我的园艺。只因此会是国际性的，会员几乎全是西方各国的士女，中国会员不到十人，而参加展览的只有我和我介绍入会的孔志清兄，志清兄是职业化的，与我又自不同。我因为西方人向有一种成见，轻视我国的一切，以为事业落后，园艺也不能例外。我前后参加四次展览，总算引起了他们的注意，知道中国的园艺倒也不错，所以在会场中，我曾听到了他们无数赞美的话，差不多把字典中所有的美妙的形容词，全都搬用完了。明年春季年会，我是否仍去参加，要看我届时兴趣如何和成绩而后决定，评判员的公平不公平，那倒是不成问题的。一方面我很希望我国的园艺家，也一同起来组织一个纯粹中国人的莳花会,请有实力者加以赞助,每年有若干次的展览,请一般画家、艺术家作公平的评判,使从事园艺的人,力求进步,发扬国光。这不能说是什么有闲阶级的闲情逸致,因为我国以农立国,对于园艺的提倡,似乎也是需要的吧。

•01•

# 梦

秋菊已残,寒雨连朝,正在寂寞无聊时,忽得包天笑前辈香岛来翰,琐琐屑屑地叙述他的身边琐事,恍如晤言一室,瞧见他那种老子婆婆兴复不浅的神情。记得对日抗战时期,我曾有七律一首寄给他:

莽荡中原日已沈,风饕雨虐苦相侵。
羡公蓬岛留高躅,老我荒江思素心。
排闷无如栽竹好,恋家未许入山深。
何时重订看花约,置酒花前共细斟。

不料他老人家一去多年,迄未归来,正不知何时重订看花约啊?

这一封信,开头就说了他上月所得的一个梦,梦见我新婚燕尔,而同时又在我的园子里,举行一个书画展览会,备有一本签名册子,各人纷纷题句,他也写了七绝一首,醒时只记得下二句云:"好与江南传韵事,风流文采一周郎。"据说他近数年来,久已不事吟咏,而梦中常常得句,真是奇怪,不过醒来都已忘却,上二句还是在枕上硬记起来的,所以特地写信来告知我。可是"风流文采一周郎"之句,实在愧不敢当。

我是一个多梦的人,这些年来几乎夜夜有梦,醒后有的还记得,有的已记不得了。所幸我所做的梦,全是好梦,全是愉快的梦;要是常做噩梦,那么动魄惊心,这味儿是不好受的。今年春季,有友人游了西湖回来,对我称赞湖上建设的完美,说得有声有色。我听了十分羡慕,恨不得立刻插翅飞去,和那阔别十余年的西子重行见面;谁知当天晚上入睡之后,我竟得了一梦,梦中畅游西湖,把旧时所谓西湖十八景,一一都游遍了。可是游过了九溪十八涧,再往西溪看芦花,拍手欢呼,顿从梦中醒了回来。这一场游西湖的好梦,真和亲到西湖去一般有趣,连一笔游费也省下来了。我于得意之余,做了《西湖梦寻》诗三十首,每一首的第一句都是"我是西湖旧宾客"七字,第二句中都有一个"梦"字,如"春来夜夜梦孤山""正逢春晓梦苏堤"等,恐占篇幅,不能将三十首一一录出,只录最后的三首:

> 我是西湖旧宾客,九溪曲曲梦徘徊。
> 记曾徒跣溪头过,跳出鲤鱼一尺来。
>
> 我是西湖旧宾客,西溪时向梦中浮。
> 记从月下吟秋去,如雪芦花白满头。
>
> 我是西湖旧宾客,春来那不梦西湖。
> 十年未见西湖面,还问西湖忆我无?

俗语说得好:"日有所思,夜有所梦。"我因为白天想游西湖,所以一梦蘧蘧,竟到西湖畅游去了。

更有一个例子,足以证明"日有所思,夜有所梦"一语的正确。譬如抗日战起,苏州沦陷时,我与前东吴大学诸教授先后避寇于浙之南浔与皖之黟县山村,虽然住得很舒服,并且合家同去,并不寂寞,但仍天天苦念苏州,苦念我的故园,因此也常常梦见苏州,并且盘桓于故园万花如海中了。那时我所作的诗、所填的词,就有不少是说梦的。如《兵连》云:

兵连六月河山变,劫火弥天惨不收。
我亦他乡权作客,寒衾夜夜梦苏州。

《梦故园》云:

吴中小筑紫兰秋,羁旅他乡岁月流。
瞥眼春来花似海,魂牵梦役到苏州。

《思归》云:

中宵倚枕不胜愁,一片归心付水流。
愿托新安江上月,照人归梦下苏州。

《梦故园花木》云：

> 大劫忽临天地变，割慈忍爱与花违。
> 可怜别后关山道，魂梦时时化蝶归。

# 一瓣心香拜鲁迅

一九五五年十月十九日,是我们伟大的文学家、思想家和革命家鲁迅先生逝世十九周年纪念日,我不能抽身到上海去扫一扫他的墓,只得在自己园子里采了几朵猩红的大丽花,供在他老人家的造像之前,表示我一些追念他、景仰他的微忱。作为一个文学工作者的我,不但在公的一方面要追念他、景仰他,就是在私的一方面也要追念他、景仰他,因为我对他老人家是有文字知己之感的。

一九五〇年上海《亦报》刊有鹤生的《鲁迅与周瘦鹃》一文,随后又有余苍的《鲁迅对周瘦鹃译作的表扬》一文,就足以说明我与鲁迅先生的一段因缘。鹤生文中说:

> 关于鲁迅与周瘦鹃的事情,以前曾经有人在报上说过,因为周君所译的《欧美名家短篇小说丛刻》

三册，由出版书店送往教育部审定登记，批复甚为赞许，其时鲁迅在社会教育司任科长，这事就是他所办的。批语当初见过，已记不清了，大意对于周君采译英美以外的大陆作家的小说一点，最为称赏，只是可惜不多；那时大概是一九一七年夏，《域外小说集》早已失败，不意在此书中看出类似的倾向，当不胜有空谷足音之感吧。鲁迅原希望他继续译下去，给新文学增加些力量，不知怎的，后来周君不再见有译作出来了。

余苍文中说：

我们首先应确定周先生在介绍西洋文学上的地位，恐怕除了《域外小说集》外，把西洋短篇小说介绍到中国来印成一本书的，要以周先生的《欧美名家短篇小说丛刻》（中华书局出版）为最早。此书取材方面，南欧、北欧十九世纪的名家差不多全了；而且一部分是用语体译的，每一作品前面，还附有作者小传、小影，在那个时候，是还没有甚么人来做这种工作的。此书出版年月,大约为一九一八(民国七年)左右,曾获得北京政府教育部的奖状,此事与鲁迅先生有关。原来鲁迅那时正在教育部的社会教育司当佥事科长,主管这一部门工作,曾将中华送审的原稿,带回绍兴会馆去亲阅一遍。他老先生本来就有意要提倡翻译风气,故在原书批语上,特别加上些表扬的话。中华书局如能找出当日原批,还可以肯定这是出于鲁迅先生的手笔呢。抗战前夕,上海文化工作者为针对当时国情,积极呼号御侮,曾一度展开联合战线,报纸上发表郭沫若、鲁迅、周瘦鹃等数十人的联合宣言,鲁迅对周先生的看法一直是很好的。

不过鹤生说我后来不再有译作出来,实在不确,我除了创作外,还是努力地从事翻译,散见于各日报各杂志上,鲁迅先生他们没有留意。一九三六年大东书局出版的《世界名家短篇小说全集》四册,就是一个铁证;内中包含二十八国名家的作品八十篇,单是苏联的就有十篇,其他如波兰、捷克、匈牙利、罗马尼亚、保加利亚等,一应俱全,鲁迅先生在天之灵,也许会点头一笑,说一声孺子可教吧?

至于余苍所说的出版年月,一九一八年左右,实在已再版了,初版发行是在一九一七年二月,那时我是二十二岁,为了筹措一笔结婚费而编译这部书的。包天笑先生序言中所谓"鹃为少年,鹃又为待阙鸳鸯,而鹃所辛苦一年之集成,而鹃所好合百年之侣至",即指此而言,他老人家原是知道这回事的。

此书出版后,由中华书局送往北京教育部审定,事前我并没知道,后来将奖状转交给我,也已在我脱离中华书局二年之后;那时鲁迅先生正任职教育部,并亲自审阅加批,也是直到解放以后才知道的。去春北京鲁迅著作编辑室的王士菁同志曾来苏见访,问起鲁迅先生的批语是不是在我处,想借去一用。其实我从未见过,大约当初留存在中华书局,只因事隔三十余年,人事很多变迁,怕已找寻不到了。抗日战争初起时,鲁迅先生等发起文化工作者联合战线,共御外侮,曾派人来要我签名参加,听说人选极严,而居然垂青于我,鲁迅先生对我的看法的确很好,怎的不使我深深地感激呢?

鲁迅先生的大作《呐喊》《彷徨》,我曾看过三遍。看了这两部书的名字,就可知道他处于黑暗的时代,以彷徨来表示愤激,以呐喊来惊醒国人。我们未尝不彷徨,可是未敢作斗争;未尝不呐喊,可是声音太低弱,其贤不肖之相去也就远了。鲁迅先生如果知道今天的祖国,阴霾尽扫,八表光明,也该含笑于九泉咧。

## 梅君歌舞倾天下

梅君歌舞倾天下,余事丹青亦可人。

画得梅花兼画骨,独标劲节傲群伦。

这是我当年题京剧名艺人梅畹华先生兰芳画梅的一首诗。因他在对日抗战期间不肯以声音献媚敌伪,故意养起须子来作抵抗,抗战八年,他始终没有登过一次台,演过一出戏,像他这样的独标劲节,不受威胁利诱,在艺人中是不可多得的。我钦佩他的节操,因此末二句以梅花为喻。梅先生不但擅长画梅,也善于画佛;二十余年前,曾替我画过一幅无量寿佛,着墨不多,自成逸品。后来又画了一张芭蕉碧桃的便面见赠,画笔也很遒劲,我配上了一副檀香骨,夏季难得一用,简直爱如拱璧。前三年梅先生的爱子葆玖来苏演出,文学艺术工作者联合会举行茶会欢迎他,我特地带了这扇子去给他瞧,并笑着说:"梅世兄,您父亲画这扇子的时候,恐怕您还在襁褓中吧?"同来的许姬传先生忙道:"他今年只十七岁,那时候还没有出世咧。"前年梅先生在上海演出,我和范烟桥兄写信去请他来苏一演,梅先生因先受无锡之聘,辍演时已在炎夏,亟须休息,很恳切地回信婉辞。但我们还在期望着,期望他终有一天会到苏州来,以慰苏州人民嗎嗎之望的。

梅先生平日接物待人彬彬有礼,当我过去在《申报》主编副刊《自由谈》和《春秋》时,他每度来沪演出,总得登门造访,我不在时,也得留下一张名片或见赠玉照一帧,紫罗兰盦中至今还珍藏着他好多玉照和名片呢。儿子铮结婚时,他也特来道贺,终席始去,其谦恭和周至,于此可见。我们虽已好久不见了,而他的声音笑貌,还在我心版上留着深刻的印象。

梅先生的几出名剧,如《宇宙锋》《贵妃醉酒》《黛玉葬花》《嫦娥奔月》《天女散花》《霸王别姬》《费宫人刺虎》等,我都曾看过,叹为绝唱。当年名词人况蕙风先生也深为倾倒,一再赋词咏叹,其《减字浣溪沙》云:

> 解道伤心片玉词,此歌能有几人知?歌尘如雾一颦眉。
>
> 碧海青天奔月后,良辰美景葬花时。误人毕竟是芳姿。

这是为听了梅先生的《奔月》《葬花》二剧,有感而作的。某年梅先生自沪北归,名画家何诗孙先生为作《北归图卷》,名词人朱疆村先生题以《清平乐》云:

> 残春倦眼,容易花前换。萼绿华来芳畹晚,消得闲情诗卷。
>
> 天风一串珠喉,江山为被清愁。家世羽衣法曲,不成凝碧池头。

这也足见梅先生的艺事和为人,深得文艺名宿的爱重了。

一九五五年是梅先生舞台生活五十年纪念,北京文艺界举行盛大的祝典,我身在南中,未能前去参加,愧歉万分!梅先生虽已六十二岁了,而驻颜有术,丰采依然,但愿他老而弥健,在舞台上更多贡献,以作后生的楷模。

# 忽见陌头杨柳色

瑛儿①:

你可知道唐朝大诗人王昌龄的一首名作《闺怨》吗?诗中有这么两句:"忽见陌头杨柳色,悔教夫婿觅封侯。"写一个思妇忽地瞧见了杨柳青青,分明是春天已来到了,而她的丈夫却出外做官去了,以致空房独守,辜负了大好春光,寂寞无聊之余,就自怨自艾地追悔起来。我是个男子汉,当然没有这种思妇之情,还是把第二句改一改吧:"惊看春已到人间",原来我一见杨柳青了,也就吃惊地发觉春已到了人间,不禁有感于时光过得太快,而想到自己应该怎样地急起直追,多做一些事情,可不要白白地让春天溜走啊!

---

① 即周瑛,周瘦鹃四女,侨居海外。

说也可笑,我家园子里树木虽并不少,却偏偏没有杨柳,东部弄月池畔,原有两株挺大的杨柳,干儿粗已合抱,高达四丈以上,记得你当年在家时,经常和你的兄弟姐妹们在树下盘桓欢笑的。我悔不该在二十多年前傍着树根种下了凌霄和金银藤,它们俩就一搭一档,爬呀爬地尽向上爬,竟爬到了高高的树顶上。虽说每年初夏,可以欣赏树上开满了红艳艳的凌霄花和香馥馥的金银花,可是这两株大杨柳,却被那无数的枝条藤蔓像蛇一般紧紧地缠住了树身,终于呜呼哀哉。要是不死的话,那么这些年来,一定长得更大更高,我可要对着它们高唱着毛主席《蝶恋花》词的名句"杨柳轻飏,直上重霄九"了。今天傍晚,我觉得身上有些儿寒意,正待加衣,你的蔷妹不知从哪儿折来了两枝杨柳条,我才惊异地看到了一片新绿,并且还密密麻麻地开着花,足见阳春有脚,确已踏踏实实地到了人间。

那报告我春的消息的,除了杨柳以外,还有玉兰,春分节才到,梅邱下的梅花还没有全谢,而那牡丹台旁的一大株玉兰,被春阳一烘,春风一吹,花蕊儿似乎在一昼夜间就怒放起来。看了那一大片耀眼的光亮,有如堆银积玉,觉得古代诗人称之为"玉照"确是并不夸张的。紧接着玉兰而出人意料地万花齐放的,是西南部"五岳起方寸"和西部的"紫雪堆"那边的两株大杏树。春分日那天清早,我照例到园子里去散步,猛抬头瞧见两大株红润的晓霞,映红了半片天,这才体会到古诗中的名句"红杏枝头春意闹"的一个"闹"字,下得再巧妙也没有了。

此外还有给我带来春消息的,那就是俗称"黄金条"的连翘了。它也是突击似的一下子就开出千百朵花来,每一根枝条上,就满缀着一连串的花,每朵花只有四瓣,为了开得多、开得密,就显示出集体的力量,一些儿也不觉得单调。我这小园子里连年分植,因此东一堆西一堆地各据一方,黄澄澄的分外夺目。

呀!杨柳、玉兰、杏花、连翘,欢迎欢迎!一年不见,你们又争先恐后地跟着春天一起赶来了,我仿佛听到了你们无声的催唤:"春来了!春来了!冬眠的时间已经过去,一年之计在于春,你难道还想赖在那里,不想动了吗?"这无声的催唤,老是在我的心上响着,响着,等于是一声声的大声疾呼,可就把我唤起来了,把我的伙伴老张也唤起来了。

瑛儿,一提起老张,我想你立刻就会想到这是指我们的老花工张世京了。二十多年来他一直耽在我家,帮同我栽花种树做盆景,成了我的左右手。他曾看你一年年长大起来,看你上学下学,并且也看你出阁做新娘去的,他至今还常在惦记你这位心直口快的六小姐呢。老张身体一向不太好,但他一见玉兰花开了,就着了慌,立时鼓足干劲,在园子里忙了起来,先把几株预定移植的树移植了一下,然后把一冬在温室内避寒的大小盆景二三百件,一件件地移到外边来,露天安放。我的健康情况虽在这一年间打了些折扣,可也不能袖手旁观,就忙着做一些修剪和整理的工作,譬如爱莲堂、紫罗兰龛、寒香阁三处陈列着的梅桩和迎春花盆景,大小十余盆,都由我包办剪除枝条,让老张去翻盆培养。所有大小十多批栽在盆里、种在石上的细叶菖蒲,在室内供得太久了,也一一移了出去,仔细地修去老叶,好让它们长出鲜绿的新叶来。还有各室布置的盆供、瓶供等,为了多所移动,就由我包办了补充调整的任务。至于那些在室内安居过冬的几大盆柑橘、玳玳、五针松等,每一盆都重好几十斤,老张却悄没声儿地独自搬运了出去。接着又在忙着把那些连盆埋在地下越冬防冻的大批盆景,一件又一件地挖了起来,一面修剪,一面整理盆面,有的还得翻盆另换新泥,这些工作,实在是十分繁重的。这十多天来,我们这两个老弱残兵,倒像变做了《三国演义》里的黄忠老将,勇不可当,要是花木有知,也许该赞许我们两个老头儿都是好样的吧?呵呵!

瑛儿,你上次回来时可曾瞧到吗?我家园子东部和南部一带的园墙,早就砖瓦零落,破败不堪。感谢市园林管理处的领导人,鸠工庀材给我修葺一新;并且重建了一个温室,把原址向南扩展了一些,就大有回旋余地了。这个温室,不同于一般的温室,我的心中早已暗暗地画下了一个别开生面的蓝图。在工程进行期间,我经常去和技工们从长计议。西南八扇窗子,每一扇窗上都有三个海棠式的格子,很为美观,屋顶分作前后两个部分,只有前部盖玻璃,后部盖的是瓦。一般温室中,往往像梯田般架起一层层的木架,以作安放盆花盆树之用,我却只在沿窗架起两块活动的木板,另用方、圆和长方形的大理石,配上木座子,以便陈列小型盆景。近窗有一根圆柱,我设计装上了三个大小不等的圆形木格,将来打算在每一格上供上四五盆鲜花,形成一根花柱。西南的那堵粉壁上,准备张挂一幅复制的李琦所画《毛主席走遍全国》的名作和陈秋草所画"横眉冷对千夫指,俯首甘为孺子牛"的鲁迅先生造像。我对这两位划时代的巨人,都有永恒的知己之感,因此把这两幅画像供在这一个特殊的温室中,以表示我内心所感受到的温暖。我还想仿黄山谷亲自写就"仰止"两字,制一个横额高挂在上。古人所谓"高山仰止,景行行止",可就概括了我敬仰这两位导师的一片微忱了。

为了这温室尚未完工,园地上乱糟糟的,一时无从布置,目前散在各处的盆景,只是苟安一时,将来还得重行调整,因此我和老张即使忙过一个春天,还是忙不了的。呀!瑛儿,春天来得真快,去得也不会太慢,玉兰花已开如谢了,杏花也已洒下了点点红雨,那一株株的桃花,已微微透出了娇红的颜色,不上几天,怕就要烂烂漫漫地盛开起来,而百六春光,也就像偷儿一般偷偷地溜走了。记得往年我因春天的来去匆匆没法挽留,曾经填了一首《蝶恋花》词谴责它:

> 正是玉兰初绽候。骀荡春花,便向人间透。十雨五风频挑逗,江城处处花如绣。
>
> 恨杀春光留不久。来也偷来,走也偷偷走。绿渐肥时红渐瘦,防它一去难追究。

瑛儿,你瞧,我实在没有错怪春天,"来也偷来,走也偷偷走",可不是活像偷儿的行径吗?

春来了,春又快要去了,还有许许多多的事情等待着我,这封信即便打住。瑛儿,但愿春天肯在你那里多留一会,让你好好地享受一下吧。

## 陶渊明与菊花

陶渊明是历史上第一个爱菊成癖的人。今年是他逝世一千五百三十周年。他在我国文学史上有划时代的作品，传诵至今，还是脍炙人口，甚至国际友人，也在研究他的诗篇。他爱的菊花，又都是亲自种植的，可说是爱好劳动的知识分子，这样就更有纪念的意义了。

北京艺菊专家刘挈园先生，因爱菊而兼爱陶渊明，称他为我国文学史上伟大的爱菊诗人。并考得陶的去世年月是宋文帝元嘉四年，即公元427年，到今年恰是一千五百三十周年，特地赋诗多首，发起举行纪念。刘先生爱读陶诗，熟极而流，据他说陶渊明虽癖爱菊花，而诗集中却并没有专咏菊花的作品。散见于各诗篇中的，只有"秋菊有佳色""今生几丛菊""采菊东篱下""芳菊开林耀""菊解制颓龄"五句，他特地代为足成五首，如云：

秋菊有佳色,不同桃李枝。
成蹊在其下,秾艳能几时?
惟爱此霜杰,卓含贞秀姿。
故人挈壶至,赏趣聊赋诗。

今生几丛菊,花色又新变。
披甲老铸金,西风任酣战。
群芳争媚春,晚节孰为殿。
结契浑忘言,应为人所羡。

采菊东篱下,晨光犹熹微。
繁霜拂我帽,零露沾我衣。
寒英自秃发,败叶徒翻飞。
荣枯有常理,吾意且忘机。

芳菊开林耀,因风传冷香。
荷锄不知倦,时为栽花忙。
岂止供欣赏,还宜充糗粮。
食之可延寿,有酒须尽觞。

菊解制颓龄,斯为却老药。

花叶附枝干,未尝见凋落。

吾生虽有涯,此命久已托。

无酒空服华,闲谣亦云乐。

陶渊明的坟墓在江西星子县面阳山下,当初他由上京、栗里迁到柴桑山,就在迤西的一带,这是他最后隐居之所。墓地邻近有靖节书院、陶家祠堂等,因年久失修,面目全非,墓门也已倒塌。报载庐山文化部门已准备修葺,这倒是一件很有意义的事情。

陶渊明所爱的菊花,是一种叫做九华菊,白瓣黄心,花头极大,有阔达二寸四五分的。花有清香,枝叶疏散,九月半才开放。陶诗中曾有九华这个名称,而现在似乎已断了种,即使尚有此种,也许名称却已改变了。现代我国菊花,号称千种,只因各地有各地的名称,不能统一,甚至一花数名;所以究竟有多少种,无从统计。最近拙政园举行菊展,试行统一名称,要我也参与其事。然而所见不广,谈何容易。我以为科学院研究园艺的部门,应该负责做这工作,使全国各地所有的菊花,把名称统一起来。

# 梅花时节话梅花

瑛儿:

真高兴,这一次你的回信来得特别快,多半也是为了春节第七天上周总理光临我家而感到兴奋吧?你信中说,当年你们住在印尼雅加达的时候,周总理因出席万隆会议而远迢迢地亲临万隆,散居在印尼各地的爱国侨胞都赶到万隆去欢迎,你们一家也并不例外。至于万隆当地的侨胞,更有万人空巷之盛,都以一见总理为莫大的幸福。有的人因在人山人海中挤不上去看不到总理全貌,那么就是看到一个鼻子或一双眼睛也是好的。你说当年的情景,记忆犹新,却不料今年春节,总理竟会光临我家,这真是一件三生有幸的大喜事!你虽身在异乡,不能亲自见一见面、握一握手,但是也仿佛分享到一份幸福了。瑛儿,你的话说得一些儿也不错,我的幸福实在太大了,不敢独享,不但是分一份给你,还要分给我家的许多亲友哩。

你真细心,又谈到了献花问题,你说家园里有好多株红梅、白梅和其他种类的梅树,怎说没有鲜花而要在盆景上打主意呢? 不错,园子里原有好多株梅树,至今还有九个种类,如果把这傲雪争春象征我国民族性的梅花献给总理,自是合适不过的。可是春节时间,梅花虽已含苞,但还没有开放,直到农历二月初才陆陆续续地开起来了。近年不知怎的,梅花也像《珍珠塔》弹词中陈翠娥小姐下堂楼一样,姗姗来迟,总要挨延到惊蛰节边,才开得蓬蓬勃勃的可算是梅花时节了。

苏州的盆梅,几乎集中在拙政园,大大小小,共有二三百盆之多,云蒸霞蔚似的蔚为大观。今年春节,因为广州市文化公园之邀,破题儿第一遭离乡背井,不远千里到南方去作客,挑选了精品五十多盆,专人护送前去。事先我被邀参加挑选的任务,并且给题了十个名签,其中有一盆老干绿萼梅,我用清代诗人舒铁云的诗句"倩谁管领春消息,只有阊门萼绿华"十四字题上去,自以为最满意,因为阊门是苏州最著名的城门,这么一想,可就把苏州梅花点出来了。同时他们又要我写一篇短文,给苏州梅花介绍一下。古人曾说:"水陆草木之花,香而可爱者甚众,梅花独先天下而春,故首及之。"先天下而春,就是梅花的可爱与可贵处。此外又有人说:"梅具四德,初生为元,开花如亨,结子为利,成熟为贞。"而梅花五瓣,又是五福的象征,一是快乐,二是幸福,三是长寿,四是顺利,五是我们所最最想望的和平。况且有的梅花不怕寒冷,还能在冰天雪地中开放,正可象征我国强劲耐苦的民族性。由于这些原因,我国人民自古以来就是爱好梅花的。尤其我们苏州人对于梅花似乎有特殊的爱好,由来已久。苏州市西面靠近太湖的邓尉山、马驾山一带,号称"香雪海",是一个观赏梅花的好去处。去年梅花时节,东西南北有人来,都是被那香雪丛丛的梅花吸引来的。苏州的盆景多种多样,可说是十色五光,丰富多彩,而老干枯干的梅桩却处于主要地位,如果有其他多种多样的盆景而没有梅桩,认为是一个莫大的缺点。梅桩的产地就在"香雪海"一带,花农们把姿态较好的整株老梅树,从地上连根掘起,截去树身的大半部,保留枯干部分,然后上盆培养,一二年后才觉楚楚可观。本地区和全国各地的园林和园艺爱好者纷纷前去选购,流传极广,供不应求。因为梅桩不同于一般的花木,不是短期可以生产出来的。这次苏州市应邀前来展出的梅桩,多半是"香雪海"一带的产物,树龄少则二三十年,多则一二百年,品种有绿萼,有朱砂,有玉蝶,有宫粉,有透骨红,有单瓣的红梅、白梅,也有来自日本鹿儿岛而嫁接在野梅上的墨梅,老干虬枝,自成馨逸。就中有少数劈梅,以整株老梅对劈而成,可以成双作对,有如孪生的兄弟姐妹,这是"香雪海"花农们的传统风俗,未能免俗,聊备一格而已。附呈小诗一首,借博一粲:

红苞绿萼锦成堆,盆里群梅着意栽。

为向羊城贺春节,遥从香雪海边来。

当这几十盆梅桩起运的时候,眼见树树含苞,连一朵花也没有开放,广州毕竟是得天独厚,四时皆春,据说一到春节在文化公园展出时,就烂烂漫漫地开了起来。前后半个月,天天吸引了千千万万的观众,都被那暗香疏影陶醉了,报纸上也给以很高的评价,说是"一树梅花一树诗,一个盆景一幅画,这么多的诗,这么多的画,就够你徜徜徉吟味的了"。瑛儿,你寄居海外,已好几年没有看到故乡的梅花了,如果知道广州有这样一个苏州梅景,也许要就近赶去看一看;看了之后,也许会想到苏州家园中的老父,也正对着梅邱、梅屋下的绿萼红苞,不住地徜徉吟味呢。

今年我家的盆梅,开了花的只有十多盆,春节期间花多未开放,还是在二月初逐渐开放的。网师园春节盆景展览会,我展出了十八件,内中二件是梅桩,聊作点缀,那盆"林和靖妻梅子鹤",用一只青陶的浅盆,种着一株二尺多高的宫粉梅,花已开得很好,那是在公园的温室中催开的。梅下安放着一高一低两块楚楚有致的英石,再配上一个石湾陶制的白衣人像,一手抱着琴,似乎要到梅树下去奏一曲《梅花三弄》。这就作为我想象中的高士林和靖,旁边有两只铅质的丹顶白鹤,一俯一仰,那就是他老人家的鹤子了。另一盆是"孟浩然踏雪寻梅",在一只紫陶的长方形浅盆里,种一株枯干的宫粉梅,因为未进温室,只开了二三朵花,其他都是花蕾。树身欹斜作势,老气横秋,真所谓暗香浮动,疏影横斜。我在干上、枝条上和土面上、石块上,都撒了一些石粉,借此代雪;盆的一角,安放一个戴着风帽、披着斗篷的彩陶老叟造像,就作为我想象中的诗人孟浩然了。

瑛儿,提起我家的盆梅,让我来给你说一个笑话。记得十年以前,有人在外宣传说我得了一件活宝,十分珍贵,是一头高寿一百多岁而会跳舞的仙鹤。于是有好多位好奇的人士,先后大驾光临,说是要看看仙鹤跳舞,开开眼界,一时间可把我闹糊涂了。心想我的园子里从来没有养过鹤,更哪里会有会跳舞的仙鹤呢?转念一想,才恍然大悟,原来是苏州已故名画师顾鹤逸先生当年手植的一株百年老绿梅桩,他的令子公硕兄因我爱梅,割爱见赠,我因它的枯干形如一鹤,开花时好像展翅起舞,就给它起了个雅号,叫做"鹤舞"。因此之故,就以误传误地传了开去,以为我得了一件活宝了。十年以来,这一株老绿梅在我的园子里安家落户,我真的当它像活宝一般爱护着。老也老而弥健,一年年的欣欣向荣,开出花来不多也不少,恰到好处。它那种绿沈沈的颜色,淡至欲无,越显得清高绝俗。今春农历二月初,它又乖乖地开花了,我看它开到五六分时,就移植到一只乾隆窑竹节蓝瓷大圆盆中,供在爱莲堂上,给嘉宾们共同欣赏。可巧《人民画报》

摄影师来,一见倾心,就把它的绝世之姿收入了镜头。

今年真巧得很,惊蛰节和花期只相差一天,来了个碰头会,料知"香雪海"千树万树的梅花,定又满山满谷地怒放起来。两年阔别,时切时思,为了腰脚欠健,未能前去探看,大呼负负。瑛儿,你总还记得,我家梅邱一带也有几株白梅,满开的皑皑一白,曾有人称之为"小香雪海"。我以为这个美称愧不敢当,还是叫它"香雪溪"吧。今年我既无缘探梅"香雪海",那只得借这"香雪溪"来杀杀馋了。

## 一时春满爱莲堂

瑛儿：

这难道是梦吗？如果是梦，也是一个十分愉快的好梦，是可遇而不可求的。然而这并不是梦，明明是事实。原来一月三十一日这个难忘的一天，周恩来总理贤伉俪，突然于百忙之中光临苏州，光临我家。这和去年四月十五日在京，蒙毛主席个别召见，领教益半小时，同样给与我莫大的鼓励，莫大的光荣。这光荣不单是归我个人，也归我们一家，你是我的女儿，当然是"与有荣焉"的。

瑛儿，周总理这一次光临苏州，实在是有一个因素的。记得一九五九年我第一次在怀仁堂外见到总理时，曾经问总理到过苏州没有，他回说没有到过。于是我恳切地说："那么请总理得暇光临苏州，看看苏州的新建设、新面貌。"总理点头，连说："好，好。"可是匆匆三年，未见光临,我以为他老人家早已忘了。不料去年重见总理时,总理握着我的手带笑说道:"那年你邀我来苏州,我还没有来哩。"我急忙说:"那么请总理破工夫早些来。"当下我想,他老人家身负一国重任,辛劳可知,却还牢记着我三年前的一句话,多么使人感动啊!今年总理和夫人在上海欢度春节,召开了一连串的座谈会,黄浦江边,欢情洋溢。我心中暗暗地想,总理近在咫尺,会不会抽空到苏州来走一遭呢?至于光临我家这回事,那是我想也不敢想的。

呵呵!来了来了,总理终于来了!这一天是春节的第七天,风和日丽,春意盎然。下午四时左右我得到了这消息。有两件事必须突击一下:一件是准备一本比较精美的册子,请贵宾题名,留作永久纪念;一件是准备一个比较鲜艳的花束,向贵宾奉献,以表些微敬意。一时手忙脚乱总算把册子准备好了,可是这时节园子里没有什么鲜花,要鲜花又待怎么办?没奈何只得在几个盆景上打主意,见三个大盆景里的迎春花正开得好,就分头把过多的枝条剪了下来,再配上五朵奶白色的菊花,两枝紫红色的三角花和三枝翠绿色的郁金山草,这才扎成了一个五色缤纷的花束,把鲜花问题解决了。

我按捺住了一颗激动的心,静悄悄地等着,直等到日斜时候,猛听得大门口有人嚷道:"来了来了。"我立即跳起身来,三脚两步赶出去迎接,一面唤蔷蔷和全全小姐妹俩捧着花束站在石阶上准备献花致敬啊!瑛儿,我这时抬头一望,那满面春风踏着轻松的脚步从花径上走过来的,可不是我们敬爱的周恩来总理和夫人邓颖超同志吗?伴同前来的,有市委和市交际处的负责同志与总理的随行人员等一行十余人。我忙不迭地迎上去,跟总理和夫人握手问好,又和市里的几位负责同志一一握手,然后带头向着爱莲堂缓缓地走来。蔷蔷和全全一见总理,忙把预先准备的花束献上。总理带着笑接过了花,把她们的小手握了一下。蔷蔷是个少先队员,忙又举手行了个队礼。

爱莲堂上,灯火通明,也似乎分外热情地欢迎贵宾。进得门来,我指着高挂在上面的"爱莲堂"横额,含笑问道:"总理府上的堂名,可也是爱莲堂吗?"总理微笑不答,我立即明白过来,他老人家早年献身革命,背井离乡,自不会留意到这传统的玩意儿的。当下总理并不坐定,先看了看屋中央两张方桌上陈列着的十多个盆景和瓶供,然后回头去看那东西两壁上的梅花画屏。他细读了汪东先生画上自题《东风第一枝》的一支曲儿,又读着蒋吟秋兄画上"先春传喜报,遍地展东风"的题句,点点头说道:"这两幅画题得好,很有新意。"这时总理夫人忽然看到了东壁上另一条清代大书家伊秉绶的字屏,指给总理瞧。总理走过去瞧了一眼,也说一声好。可见贤伉俪对于前代的书法都是很有研究的。

我家那两个养在一对年窑大瓷缸里的老绿毛龟,都已寿登耄耋,一向引起众多来宾们的兴趣。前年西藏班禅副委员长一家光临时,也大为称赏。入冬以来,正安放在爱莲堂上。这时被总理夫人发现,就和总理一同观赏,问是吃什么的,产地是哪里。我回答说:"苏州专区的常熟,是它们的家乡,平时吃的是虾或小鱼,长在甲壳上的并不是毛,其实是苔藓一类的寄生植物。"贤伉俪听我说着,顾而乐之。

总理和夫人坐定后,你继母献上什锦糖和花生米。我给她介绍了一下,彼此握手道好。贤伉俪十分随和,拾起了几颗花生米,各自吃着。瞥见你的几个小妹妹正在门口张望,就问起我家庭状况。我回答说第二代第三代共有三十四人之多,散在各地。接着,总理又关切地问到我的健康和写作情况。我一一作了汇报，末了又感慨地说："我年来身受知遇，报国有心，可是马齿日增，总觉心有余而力不足，实在是惭愧得很。"

我兴奋地谈了一会，总理起身告辞。我忙说那边还有几室，请总理前去看看。于是伴同他们沿着走廊到了紫罗兰盦、且住、寒香阁三个室内，重新介绍了三处陈列着的古董文物，那两面五彩雕瓷的梁山泊一百零八将小围屏，引起了贤伉俪的很大兴趣。那时我的书桌上已展开着那本新备的《嘉宾题名录》，我就敦请总理题名。总理回答说："好好，让我带去写好了再给你。"随手把册子交给了他的秘书，就跟我握手道别。我忙问总理在苏州想耽几天，总理回答说："今晚就要回上海。"我知总理公事忙，没法挽留，只得依依不舍地相送出门。总理边走边说："北京快要开会了，你一定要来啊！"我忙回答说："一定来，一定来，今天承蒙总理和夫人大驾光临，我荣幸万分，我一辈子也忘不了！"可不是吗？总理来去匆匆，在苏州不过六七小时，却特地光临我家，亲切慰问，这一份高谊隆情，教我一辈子怎能忘得了呢！

瑛儿，那本《嘉宾题名录》，已于总理离苏后不久便送到我家来了。只见第一页上墨光耀眼,用毛笔大书特书道:"一九六三年一月三十一日访周瘦老于苏州爱莲堂。周恩来、邓颖超。"我捧读再三,深感国家领导人对我们老一辈知识分子的关怀,心中激动得久久不能平静,特作诗三首,以资纪念:

华灯初上日初斜,瑞霭祥云降我家。
自是三生真有幸,蓬门来驻使君车。

殷殷促膝话家常,读画看花兴倍长。
三沐三熏温暖甚,一时春满爱莲堂。

吴市群黎笑靥开,欣逢人日①有人来。
奈何高躅留难住,行色匆匆带月回。

---

① 作者原注:是日为农历正月初七,古称"人日"。

# 年年香溢爱莲堂

瑛儿：

时间老人真性急，老是急匆匆地在那里赶，既送走了形势大好的一九六三年，又急匆匆地把希望无穷的一九六四年送来了。记得去年元旦，你曾寄给我一张美丽的西式贺年片，给与我们一家一个"百凡如意"的祝愿。我想，尽管我和你是爷儿俩，"来而不往非礼也"，因此也寄还了一张，向你们一家贺年祝福。可是今年元旦，你也许是忘了，没有寄贺年片来，而我也没有寄给你，倒像是彼此"划账"似的。其实我并不是为了你不"来"，我也不"往"，只因去冬十二月上旬出席了全国政协会议，从北京回来以后，身体和精神一直不大好，为了害着肺气肿的慢性病，稍一劳动，就觉得有些儿气急，因此影响了情绪，天天懒得动笔，休说长篇大论的文章写不出，连三言两语短的信也不愿写了。

瑛儿，说也惭愧，这一个多月来，我是在"怠工"的情况下挨过去的，除了整理一些小型的盆景和先后出席了市人民代表会议、市政协会议以外，简直没有做什么事，夜夜挑灯枯坐，心中苦闷得很！

啊，瑛儿，你不要为我担心，这不过是偶然的现象，兴奋剂终于来了，且让我来向你报个喜讯，你道是什么兴奋剂、什么喜讯呢？你听我慢慢道来。料知你听了，也一定会兴奋而认为确是喜讯的。原来一月九日那天傍晚，市园林管理处的张处长派了一位徐秘书来对我说，明天有客登门相访，要我做思想准备，我一听，心中先就一喜。

到了十日那天清早，园林处的四位男女工友就带着工具赶来了，经过两小时的劳动，把我的园地打扫得干干净净。我整理了陈列着的盆景和几个花瓶中的残菊，并由公园中送来了四盆一品红和四盆石蜡红，重行布置，就觉得楚楚有致了。这当儿你继母忽地心血来潮，悄悄地对我说："我猜今天光临的客人，也许是朱德委员长吧？"我点点头，不说什么。

十时半左右，那位早就来照料一切的市人民委员会办公室李主任,在门口嚷道:"周老,来了来了。"我急忙赶出去迎接,只见我常在报刊上和人民大会堂主席台习见的一张笑吟吟的面庞,已涌现在大门口,这不是当年运筹帷幄、跃马疆场的解放军总司令,而今天主持全国人民代表大会的朱德委员长吗?我暗暗佩服你的继母,居然给她猜中了。当下我忙不迭地向委员长握手道好。他老人家立即给我介绍了他的夫人康克清同志,我也急忙向她握手道好。同来的除了我们市委的王书记和交际处周处长外,还有委员长的七八位随行人员。我陪同他们通过园中小径,到了爱莲堂中,分头坐下。我请委员长就座之后,寒暄了一番,就谈起他老人家所爱好的兰蕙。

朱委员长问起苏州市培植兰蕙的情况,我回答说现在全市培植兰蕙的专家不过三四位,绍兴的名种总数不到一百盆,品种也不过二十余个,其他较多的不过是建兰和秋素罢了。单以我来说,只有绍兴的春兰"西神"一盆、秋素三盆、建兰四盆;建兰和秋兰倒还容易培养,而绍兴的兰蕙却是很难伺候的,往往辛勤了一年,却不见一花。委员长说:"兰蕙实在是易于培养的,比你培养树桩盆景容易得多。"我问委员长共有兰蕙多少种,委员长回说共有四百多种,这真是洋洋大观,甲于天下了。

委员长坐了一会,就起身看我几案上所陈列的迎春和宫粉梅等盆景,朱夫人见到了那只享龄百年的大绿毛龟,很感兴趣,问是产生哪里的。我回说:"产在苏州专区的常熟,年年常有销售到国外去的,很受欢迎。"当下出了爱莲堂,看那走廊下的两盆鸟不宿老桩,一片片定胜形的绿叶和一颗颗浑圆的红子互相掩映,赢得了委员长的赞赏。随后又看了一盆桂林山水的小景和上海四位专家所制的山水盆景,就到紫罗兰盦中看那许多形形色色的石供。我指出了前清潘相国的遗物,一块由南宋贾似道题着"花下琴峰"四个字的大石笋和号称"江南第一"的一块大型昆山石;此外又介绍了一块富有丘壑的柏化石和一块明代名画家居节题有"云迟"二字的灵璧石,这些都是我家长物,不知已经多少上客的欣赏了。

从这里转入寒香阁、且住两室。看那明清两代的几幅梅花书画和点缀着梅的瓷、铜、陶石、竹、木等十多件供品;又看了画着金龙的乾隆玉磬、水浒一百零八将的五彩雕瓷小插屏,以及壁上挂着的乾隆漆画《岁朝图》,明代露香园刺绣,雕瓷梅、莲、牡丹等挂屏,明代万历朝成对的细瓷壁瓶,"道光御玩"用玉石螺甸嵌成的梅花寒盦竹石大挂屏,以及墨松、五针松、代代橘等老干盆景等物。委员长不厌其烦,依着我的口讲指划,一件又一件地都看了一下;这些东西如果有灵感的话,也该引为荣幸吧!

回到紫罗兰盦中,我请委员长在南窗书桌前坐下,就请在那本曾于去春由周总理和夫人题过名的《嘉宾题名录》上题名留念。他老人家戴上了眼镜,用毛笔写下了"一九六四年一月十日访周瘦老于苏州爱莲堂"。当他写到"周瘦"两字的时候顿了一顿,抬头问我几岁了,我回说六十九岁,他微笑着说:"那么可以称得上老了。"于是重又写了下去,我接着说:"不老不老,祖国年轻,我也年轻哩。委员长的高寿呢?"委员长答道:"七十八了。"我忙道:"可也并不见得老呀。"委员长放下了笔,对夫人说:"你也来题个名。"夫人说:"由你一个人代表得了。"原来夫人爱花,忙不迭地要你继母同到园子里看花去了。

我也陪同委员长到了园里,先看了那些连盆埋在地下防冻过冬的大批树桩盆景,又看了五座湖石竖峰组成的"五岳起方寸"。我笑着说:"委员长,我不能周游天下,就把这五个石峰权代五岳,聊作卧游了。"接着就从五级上拾级而登,进了梅屋,看了壁上挂着的元代王冕和宋代杨补之画梅刻在银杏木板上的五个挂屏和唐代白乐天手植的一段桧柏枯木。我指着这枯木说:"梅花时节,我用竹管插上一枝红梅放在上面,那就好像是枯木逢春了。"委员长听了,点头微笑。

出了梅屋,看了梅邱,就经过荷轩,从曲径上走向那间作为温室的仰止轩去。在轩外的小草坪上,看到了在大石盆中种着三株黑松的大盆景,委员长停住了脚。我说:"这是《听松图》,那个石湾窑的红衣达摩正微侧着头,在听松间风涛声,曾经在那部五彩纪录片《盆景》中收入镜头的。"委员长点点头说:"不错,我曾在银幕上看到过它了。"在这《听松图》前端详了一会,就转身走进了仰止轩。

我先就指着正中壁上挂着的一幅彩色图像,委员长正和毛主席、刘主席、周总理同在一起,笑容可掬,我接着说:"委员长,今天您虽是第一次大驾光临,而一年以来,我都是天天在这里仰望风采哩。"委员长微微一笑,不说什么,我请他老人家在大藤椅中坐了下来,指着前面和左右几案上的许多小型盆景说道:"这里十分之八的盆景,都曾于今秋送往广州市文化公园中展览过的。"说时,把几个较好的常绿小盆景,一一指给委员长看。委员长兴致勃勃地观赏了半晌,开口问道:"在广州拍了电影没有?"我回说:"没有,只拍过了两次电视,它和广州市的电视观众见面了。"委员长又道:"你带了徒弟没有?"我说:"有一个女儿正在跟着我学,而园林处有十多个青工正由一位朱老师傅教他们做盆景,这就是我们的接班人啊!"说到这里,朱夫人进来了,把一朵紫罗兰花和一簇玉桂叶送到委员长鼻子上说:"你闻闻,这花和叶子都是挺香的。"委员长闻了一下,点点头,于是一同走出了仰止轩,回到了爱莲堂中。

委员长初次光临,合该献花致敬,可是蜡梅已在凋谢了,一时无花可献,多亏你继母出了主意,把一盆三株虎刺合栽、两株小棕竹合栽的两个常绿小盆景,代替了献花,在一株较高的虎刺旁,配上一个陶质的红衣老叟,又铺了青苔,安了拳石,倒也楚楚可观。委员长看了很欢喜,当由一位随行人员送上车去了。

时已近午,委员长和夫人不再就座,向我们夫妇握手兴辞,我们依依惜别,直送出了门,送上车,我目送车儿出了巷,渐渐远去,觉得心中还是很兴奋。瑛儿,试想新中国成立十四年来,我老是感佩着解放军的丰功伟绩,救国救民,今天竟和这位胸罗百万甲兵的大元帅握手言欢,怎么不欢欣鼓舞呢?

第二天早上,忽又来了一个喜讯,原来交际处周处长带同工友捧着两盆兰蕙送入我家来,说是朱委员长临行时嘱咐托他们送给我的。投之以木桃,报我以琼瑶,教我怎样过意得去呢?这两盆兰蕙的盆面上,插着两个玻璃标签,用红漆写出名称和产地,一盆是产在四川嘉定的"雪兰",一盆是四川的夏蕙。雪兰已有两个花蕾,夏蕙是要在夏季开花的,因此还没有花蕾。这两盆花都是绿叶丛生,精神抖擞,叶片比绍兴兰蕙为阔,足见它们的苗壮了。我于拜领之下,就写了两首绝句,准备寄给朱委员长致谢:

兰蕙争荣压众芳,滋兰树蕙不寻常。

元戎心事关天下,要共群黎赏国香。

雪兰夏蕙生巴蜀,喜见分根到我乡。

此日拜嘉勤养护,年年香溢爱莲堂。

　　这两盆兰蕙的赐予,使我如获至宝,便郑重地安放在仰止轩中,将好生养护,留作永久纪念,如果年年开花,那就可以年年香溢爱莲堂了。过了十天,那两朵雪兰,竟先后开放起来,两花一高一低,花瓣长而尖,作白色。我细看花瓣的背面,有一条条粗细不等的红筋,花舌下卷,有两条并行的红线,舌根上还有许多红点,美得很。我天天在花畔,细领色香,春兰冬放,使我如坐春风,不由得欢喜赞叹。瑛儿,你是一向爱好香花的,明年此日,你如果回来,就可和我同赏国香了。

# 《紫兰花片》弁言

春暮,紫兰零落,乞东皇少延其寿,不可得也,遂拾花片,葬之净土。索居寡乐,则以文字自遣,晨抄暝写,期月成帙,即颜之曰《紫兰花片》。清诗人彭甘亭论诗句云:"我以流莺随意啭,花前不管有人听。"意在自娱,不解媚俗。《紫兰花片》之作亦窃持斯旨焉。壬戌仲夏周瘦鹃识于紫罗兰盦。

**图书在版编目(CIP)数据**

花花草草 / 周瘦鹃著 ; 徐德明, 易华编. — 北京 : 商务印书馆, 2021
ISBN 978-7-100-19717-5

Ⅰ. ①花… Ⅱ. ①周… ②徐… ③易… Ⅲ. ①散文集—中国—现代 Ⅳ. ① I266

中国版本图书馆CIP数据核字（2021）第048403号

*权利保留，侵权必究。*

## 花花草草

周瘦鹃　著

徐德明　易　华　编

---

商务印书馆出版
（北京王府井大街36号　邮政编码100710）
商务印书馆发行
上海雅昌艺术印刷有限公司印刷
ISBN 978-7-100-19717-5

| | |
|---|---|
| 2021年10月第1版 | 开本 787×1092　1/32 |
| 2021年10月第1次印刷 | 印张 12⅛ |

定价：58.00元